결혼, 하면 괴롭고 안 하면 외롭고

장경동의 사랑과 결혼에 관한 힐링 에세이

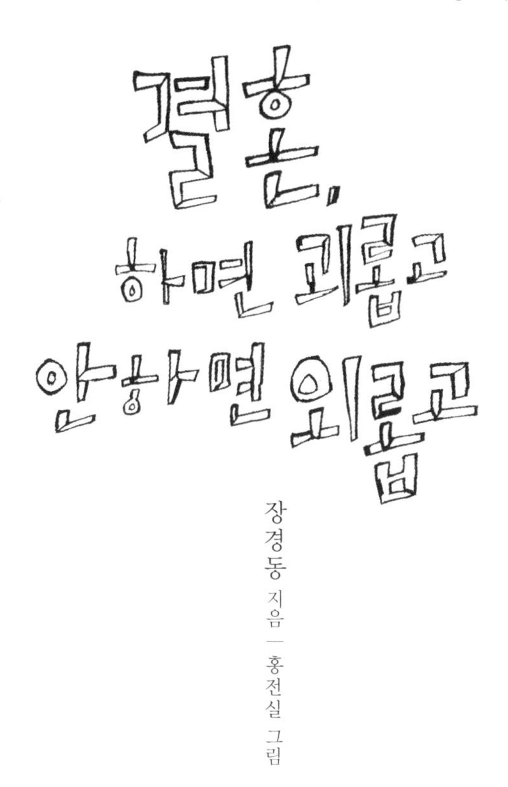

장경동 지음 — 홍전실 그림

아라크네

사랑과 결혼, 한 방향으로 나아가기

"사랑해." "보고 싶어."

연인들이 하는 달콤한 사랑의 속삭임입니다. 이 사랑의 종착지는 결혼입니다. 사람들은 사랑하는 이와 가정을 꾸려 함께 있고 싶어서, 더 행복해지고 싶어서 결혼을 결정합니다. 그러고는 부푼 기대를 안고 결혼식장에 들어섭니다. 그때부터 부부라는 인연을 맺고 결혼생활을 시작합니다.

이처럼 결혼은 두 사람이 하나가 되어 더 좋은 방향으로 나아갈 수 있는 삶의 이유가 되고, 그것을 통해 안정과 행복을 얻게 되는 것입니다. 그런 의미에서 두 사람이 하나의 가정을 이루는 결혼은 참으로 아름다운 것입니다.

그러나 결혼식장 문을 나서는 순간부터 많은 이들이 갈등합니다.

돈, 처가, 시댁, 아이 교육, 외도 등으로 바람 잘날 없는 결혼생활을 경험할 수도 있습니다. 그토록 사랑스럽고 애교 많던 달링은 어디 가고 나를 못 잡아먹어서 안달하는 한 여자를 보게 되고, 매일 나에게 별과 달을 따 주겠다고 약속했던 그이는 어디로 가고, 밥 안 차려준다고 투정하는 한 남자를 만나게 될 것입니다. 하지만 이 단계를 지혜롭게 넘이서면 소통과 배려의 기쁨을 느낄 수 있는 날이 올 것입니다.

이렇게 단언할 수 있는 건, 저 또한 한 아내의 남편으로 역경과 인내의 결혼생활을 30년간 지나왔기 때문입니다.

이 책은 그동안 결혼생활과 부부관계에 대해 방송하고, 강연한 내용을 엮었습니다. 제 결혼생활 30년의 비결을 집대성한 책이라 할 수 있습니다. 결혼을 준비하는 예비신랑신부, 신혼의 콩깍지가 벗겨지고 있는 부부, 결혼생활의 권태기를 맞은 부부, 행복한 노년을 보내고 싶은 부부 등에게 이 책이 서로에 대한 소중함과 사랑의 참 의미를 깨닫도록 도움이 되었으면 합니다.

대한민국의 모든 부부가 금슬 좋은 부부로 살아가길 바랍니다.

—2014년 10월

장 경 동

차례

3장 사랑하는 것, 사랑하지 않는 것

4장 행복을 유지하는 결혼생활

1장

한꺼번에 다 쓰는 사랑

한겨울에 눈이 수북이 쌓였다고
걱정하지 마세요.
눈을 치우려고도 하지 마세요.
해만 뜨면 눈은 스스로 녹아서 없어지고 맙니다.
문제는 놔두고 사랑으로 회복하세요.

'찡'과 '찌릿찌릿'

암캐와 수캐는 교미를 통해 새끼를 낳습니다. 둘이 교미할 때 나오는 사랑을 '찌릿찌릿'이라고 합시다. 그리고 신神이 사람을 사랑할 때 나오는 것은 '찡'이라고 합시다. '찡'은 차원이 높은 정신적인 사랑을 뜻합니다.

그런데 사람은 사랑할 때 '찡'과 '찌릿찌릿' 두 가지가 모두 흐릅니다. 먼저 본질인 '찡'이 작동합니다. 마음으로 먼저 사랑한다는 뜻이지요. 그러다가 몸이 참기 힘들면 '찌릿찌릿'한 사랑을 표현하게 됩니다. 정상적인 현상입니다. 이 '찡'과 '찌릿찌릿'을 동시에 표현하는 부부에게는 아무런 문제가 없습니다.

그런데 살다 보면 두 가지 선 중 하나가 약해집니다. '찡'이 끊어지고 '찌릿찌릿'만 붙습니다. 더 큰 문제는 '찡'이 끊어지고 마는 것이 아니라 다른 사람에게 붙는다는 것입니다. 이것을 불륜이라고 합니다.

'찡'과 '찌릿찌릿'을 다른 사람에게 붙이면 아내가 싫어합니다. 집에 돌아온 남편에게 아내가 욕을 합니다. "저리 가, 개 같은 놈아!" 이보다 더 정확한 표현은 없습니다. "지금 '찡'도 없이 나한테 '찌릿찌릿'만 원하는 거야? 내가 개냐, 찌릿찌릿하러 오게? 이 개 같은 놈아." 부부에게 문제가 있다면 바로 이 '찡'이 꺼진 것입니다.

보통 경상도 남자들은 무뚝뚝하다고 말합니다. 그들이 아내를 사랑하지 않는 건 아니지만 표현을 잘 안 합니다. 그런데 경상도 남자들이 진짜로 말이 없을까요? 아닙니다. 술집 여자에게 이야기할 때는 다릅니다. "밥 먹었어?" "얼굴이 왜 그래?" "많이 피곤해 보여"라며 사근사근하게 잘도 말합니다. 경상도 남자들에게도 당연히 친절이 있습니다. 다만 아내에게만 안 할 뿐이에요.

이런 성향을 가진 한 경상도 남자가 부부 세미나에 참석했습니다. 그 세미나에서 과제를 내주었는데, 집에 가면 아내를 꼭 껴안고 사랑한다고 고백하라는 것이었습니다.

"아고, 내는 몬함니더. 내 평생 이런 걸 해 본 적이 없어예."

"안 돼요. 하셔야 해요. 안 그러면 수료증 안 나가요."

이 말을 들은 경상도 남자는 '에라 모르겠다'는 심정으로 집에 가서 설거지하는 아내 뒤에 섭니다. 그러고는 살며시 아내를 안고 말합니다. "사랑한다." 생전 처음 들어보는 소리에 아내는 깜짝 놀랍니다. "뭐꼬? 와 평생 안 하던 짓 하노?" 그랬더니 남편 왈, "숙제다."

이때 경상도 남자가 깨달은 게 있습니다. 결코 이 말과 행동이 죽어도 못 할 것은 아니라는 사실입니다. 그래서 다음 날 남편은 다시 아내를 껴안고 사랑한다고 말합니다. 남편은 아내가 또다시 "뭐꼬?"라고 반응할 줄 알았습니다. 그런데 갑자기 아내가 흐느끼며 눈물을 흘립니다. 그래서 남편이 이야기했습니다. "이건 숙제 아니다." 어제는 숙제로 했지만 오늘은 우러나서 한 말입니다. 아내의 '찡'이 회복돼서 운 것입니다.

남편의 입장에서 봤을 때 아내가 좋을까요, 술집 여자가 좋을까요? 제정신인 사람은 아내가 더 좋다고 말합니다. 그런데 왜 남편은 아내보다 술집 여자의 말을 더 잘 듣는 것처럼 느껴질까요?

문제가 있는 부부는 남편이 직장에서 열심히 일하고 집에 퇴근해 와도 아내가 별다른 반응을 보이질 않습니다. "고맙다" "감사하다" "행복하다"는 말보다는 뭘 못했다, 뭘 안 했다, 관심이 있느냐는 둥 잔소리만 합니다. 한두 해도 아니고 수십 년간 이런 소리만 듣다 보니 아내의 말이 틀린 말은 아니지만 그냥 싫어집니다.

그런데 술집 여자는 자주 가는 편임에도 불구하고, 문을 열고 들어가기만 하면 콧소리를 섞어 가며 "호호호 사장님, 진짜 오랜만이에요. 보고 싶어서 나 눈 빠질 뻔했어요"라고 말합니다. 남편은 자신의 돈을 빼 먹으려고 하는 말이라는 것을 알면서도, 그 뻔한 칭찬에홀라당 넘어가고 맙니다.

남편들이 딱하지 않나요? 아내들이 자존심만 세우지 말고 술집 여자가 하듯이 하면 남편들이 얼마나 좋아할까요? 남편이 퇴근하고 돌아왔을 때 아이들을 모두 불러 놓고 "얘들아, 아빠 오셨다!"라고 호들갑을 떨면 남편이 얼마나 좋아하겠어요? 하지만 모처럼 남편이 아내에게 잘해 주려고 일찍 집에 들어갔는데 아이들에게 "별일이다. 너희 아빠가 이렇게 일찍 들어올 때도 있고"라고 말한다면 다음 상황은 뻔하지 않겠어요?

남편이 퇴근할 때 "어머, 당신 왔어요?"라는 아내의 모습이 연상된다면 주위에서 술 한잔하자고 꾀어도 "나 집에 빨리 들어가야 해"라고 말하며 뿌리칠 수 있습니다. 하지만 "당신이 제대로 하는 게 뭐가 있어요?"라고 잔소리하는 모습만 연상된다면 집에 들어가기를 피하게 됩니다. 이 말은, 아내가 남편을 몰아낸 것은 아니지만, 남편이 집에 발을 못 붙이도록 한 건 아닌지 생각해 보아야 한다는 뜻입니다. 아내의 행동이 결국 남편을 집 밖으로 몰아낸 셈이지요.

요즈음 많은 사람들이 개를 좋아하고 집에서 많이 키웁니다. 개에게서 발견되는 두 가지 중요한 습성이 있습니다. 개는 주인이 배신하지 않는 이상 절대 자신이 먼저 배신하지 않습니다. 하지만 남편은 아내를, 아내는 남편을 배신하는 경우가 왕왕 있습니다. 그 배신을 겪고 보니 사람은 개를 좋아합니다.

또한 집에 들어가면 아무도 자신을 환영해 주지 않더라도 유독 개는 미치듯이 낑낑대며 좋아합니다. 못된 짓을 하고 와도 반가워하는 건 개뿐입니다. 사람은 누구든지 다른 이로부터 반가움의 표시를 받고 싶어 합니다. 하다못해 개에게서라도 말입니다.

남도 아닌 남편이 하자는 일이 있으면 잘잘못을 따지거나 머리를 굴리지 말고 그냥 개처럼 반겨 주면 어떨까요?

문제를 풀어 가려고 하지 마세요.
그냥 두세요.
어디에서부터 부부의 '찡'이 떨어졌는지를 알면 문제는 저절로 해결될 것입니다.
한겨울에 눈이 수북이 쌓였다고 걱정하지 마세요.
눈을 치우려고도 하지 마세요.
해만 뜨면 눈은 스스로 녹아서 없어지고 맙니다.
문제라는 건 해결하려고 하면 할수록 꼬입니다.
문제는 놔두고 사랑으로 회복하면 됩니다.

가까이 하기엔 너무 먼 당신_ 35×26 종이에 수채, 혼합기법

예의 없는 부부

모든 인간관계에는 예의가 필요합니다. 특히 무촌이라고 하는 부부 사이에는 더욱더 필요합니다. 배우자의 가슴에 못을 박지 마세요. 또 생각이 짧은 남편이나 아내의 말에 상처받지 마세요. 생각 없이 한 말이니까요. 그걸 그냥 넘기지 못하고 30년이 지나도 그대로 간직하고 있으면 결국 손해는 자신이 봅니다. 상처는 주지도 말고 받지도 말아야 합니다.

부부간에 서로 존중한다면 수많은 문제들이 해결될 수 있습니다. 그래서 부부 싸움을 할 때조차도 서로 예의가 필요합니다. 아무리 감정이 격해졌다고 하더라도 결코 이 말들만은 해서는 안 됩니다.

"내 집에서 나가!"

"돈이나 잘 벌어 오면 말이나 안 해!"

"이럴 거면 당장 이혼해!"

부부는 이혼하면 안 됩니다. 어쩔 수 없이 헤어진다지만 그건 말도 안 되는 핑계예요. 사람들은 미래를 몰라요. 서로가 만날 싸우는 게 지겨워서 헤어지는 것인데, 그래서 더 좋아집니까? 대부분은 더 어려워집니다.

평생 서로를 보며 가슴 떨면서 사는 부부는 없습니다. 60대 이상 된 부부는 그냥 친구처럼 삽니다. 그 나이쯤 되면 서로 살이 닿아도 내 살인지 네 살인지 구분이 안 갑니다. 물처럼 아무런 맛도 의미도 느껴지지 않으면 그것이 진짜 부부입니다. 나이가 환갑이 지나도록 손만 잡아도 찌릿찌릿 한다면 어떻게 같이 살겠습니까?

대개의 부부가 서로 성격이 안 맞는다든지, 바람을 피웠다든지, 돈을 탕진했다든지 해서 이혼을 하게 됩니다. 하지만 참아야 합니다. 그때 당시에는 못 살 것 같지만 세월이 좀 지나고 나면 나중에는 농담하면서 삽니다. 그때가 심각했지 세월이 지나면 아무것도 아닌 게 됩니다.

그러기 위해서라도 부부 사이에 예의가 필요합니다. 우선 부부가 서로 존댓말을 쓰면 예의 없는 행동이 줄어듭니다. 하지만 그것보다 더 중요한 것이 있습니다. 서로를 존경하는 마음입니다. 말은 현상이고, 마음이 본질이기 때문입니다.

제 아내는 다른 사람들이 남편에 대해 흉보는 것을 못 견뎌 합니다. "나도 함부로 안 하는 남편인데, 당신이 뭔데 우리 남편에 대해 이러쿵저러쿵 하나요?"라고 따질 만큼 강력하게 항의합니다. 저는 이 모습이 남편을 존경하는 현모양처라고 생각합니다.

'말 한 마디로 사람이 죽고 산다'는 속담이 있습니다. 이 말은 죽고 사는 게 사람의 혀에 달렸으니, 말을 조심하라는 뜻입니다. 부부싸움을 할 때에도 말조심을 해야 합니다. 남편이 화가 나서 "칼로 확 찔러 죽일까 보다"라고 말하더라도 아내가 "찔러 봐, 찔러 봐"라고 말하면 절대로 안 됩니다. 그러면 더욱 화가 난 남편이 "내가 못 찌를 줄 알아?" 하고 소리 지르고, 아내는 "벼~엉~신, 찌르지도 못하는 게"라고 대꾸하는 상황을 불러올 수 있습니다. 그러다가 결국 남편이 아내를 살해하는 참담한 일이 일어납니다. 말이 사람을 죽이는 꼴이 된 거지요.

남자가 여자의 복잡한 마음을 이해하는 건 쉽지 않습니다. 남자의 태생적 한계 때문입니다. 이론적으로, 즉 머리로는 이해를 합니다. 하지만 정작 실제로 그 상황이 오면 절대로 이해가 안 되는 경우가 대부분입니다. 그걸 그때그때 제대로 이해하면 남편이 철이 든 것입니다. 부부가 서로 예의를 지키면서 지혜롭게 오늘의 어려움을 이겨낸다면 반드시 행복이 찾아올 것입니다.

healing point

결혼했다는 것은 우연이 아닙니다. 어떤 굉장한 힘이 부부를 하나로 만든 겁니다. 이 세상에 완전하게 어울리는 부부는 없습니다. 잘 어울리는 부부로 노력해 나가는 것일 뿐입니다. 서로가 안 맞는 것이 아니라 서로 노력이 부족한 것일 뿐입니다. 부부 사이에 예의를 지키려는 노력이 결혼생활을 더욱 굳건하게 해 줄 것입니다.

좋아하는 것과 결혼하는 것은 다르다

이혼하는 부부에게 이유를 물어보면 '서로 안 맞아서'라는 대답이 의외로 많습니다. 그런데 한번 잘 생각해 보세요. 안 맞는 거로 따지면 결혼 전이 더 심하지 않았겠어요? 30여 년을 서로 다른 환경에서 살아왔으니 말이에요.

그나마 결혼해서 10년, 20년을 살면서 서로에게 맞추려고 노력해 왔으니 이만큼 살게 된 것입니다. 결론적으로 부부가 이혼하는 건 안 맞아서가 아니라는 거지요. 사랑이 식었기 때문입니다.

그래서 결혼할 때 조금 더 잘 맞는 사람하고 해야 하는 것입니다. 한창 사랑을 하고 있을 때는 힘들지 않지만 사랑이 식으면 힘들기 때문입니다. 남자들은 여자들에게 잘해 줍니다. 단, 사랑할 때에만 그렇다는 거지요. 그런데 여자들이 모르는 것이 있습니다. 끊임없이 이런 사랑을 줄 거라는 착각 속에 빠져 있다는 것이지요.

결혼 전, 남자는 사랑하는 여자를 위해서라면 하늘의 달도 따러 갑니다. 그런데 문제가 있습니다. 그 마음을 오래 지속하지 못한다는 거지요. 그래서 결혼 후에는 오히려 아내에게 요구합니다.

"당신이 달 따다 주면 안 돼?"

이렇듯 남자는 결코 끊임없이 사랑을 줄 수 있는 존재가 아닙니다. 그러면 아내는 이렇게 생각합니다.

'내가 미쳤지. 그때 이 사람이 아니라 그 사람에게 갔어야 했는데…….'

그런데 그 사람은 당신을 선택하지 않았잖아요.

결혼 초에는 애들 키우고 남편 뒷바라지하느라 정신이 없습니다. 그러다가 40이 넘어가면 인식하기 시작합니다. 나 자신이 없다는 것을. 거기다가 "너도 나이가 들어가는구나"라는 말이라도 들으면 한없이 초라함이 느껴집니다. 기력도 더 떨어지는 것 같고요. 그때서야 비로소 아내는 "청춘을 돌려다오!"를 외치며 독립선언을 합니다.

그래서 나이 40이 넘어간 여자는 감당하기가 어렵습니다. 막나갑니다. 남편이 뭐라고 해도 소용이 없습니다. 왜냐하면 독이 올랐기 때문입니다. 그러고는 아내는 다 당신 때문이라고 남편을 탓합니다.

하지만 그건 착각 중에 최고의 착각입니다. 현재의 남편이 아니라 그때 놓친 그 사람을 만났어도 마찬가지이기 때문입니다. 잘생기고 능력 있는 남자와 사는 모든 여자가 행복합니까? 돈 많은 남자와 사는 여자는요? 아니면 높은 지위에 있는 남자와 사는 여자 모두가 행복합니까? 그건 아니잖아요. 결국 마찬가지라는 것입니다.

제 부모님은 순진한 시골 사람이었습니다. 더군다나 어머니는 90킬로그램이나 나가는 거구의 몸을 지닌 여자였어요. 세상에서 내 어머니를 좋아할 사람은 내 아버지밖에 없었습니다.

그런 어머니 마음속에 사랑하는 사람이 생겼는데, 당대의 대배우 최무룡 씨였습니다. 어머니는 최무룡 씨가 텔레비전에 나오기만 하면 "정말 잘생겼어, 남자가 저 정도는 생겨야지"라고 말하며 꾸벅꾸벅 졸고 계신 아버지에게 눈을 흘겼습니다. 껍데기는 아버지와 살고, 본질은 최무룡 씨와 사는 꼴이었지요. 그랬더니 이에 질세라 아버지는 김지미 씨를 그렇게 좋아했습니다. "여자가 저렇게 날씬해야 사랑받지"라고 말하며 어머니의 속을 박박 긁어 댔습니다.

이런 결혼은 결코 사랑해서 한 것이 아닙니다. 그냥 좋아해서 한 것이지요. 진정한 사랑은 상대방이 잘못할수록 더 불쌍히 여깁니다. 지금 남편이 잘못할수록 불쌍한가요? 아니지요. 오히려 보기 싫잖아요. 그럼 당신은 남편(아내)을 사랑하는 게 아닙니다. 좋아했다가 싫어하는 것일 뿐입니다. 왜냐하면 사랑은 언제나 오래 참는 것이기 때문이에요. 어떻게 사랑하는데 이혼하겠어요? 좋아하니까 싫어질

설레설레_ 20×29.2 종이에 수채, 혼합기법

때 이혼하는 거지요.

남자가 여자를 좋아하는 것과 결혼하는 것은 다릅니다. 남자는 모든 여자를 좋아합니다. 그러나 결혼은 한 여자와만 합니다. 그러니까 좋아하는 여자는 소용없고 결혼하는 여자가 최고입니다. 수많은 여자 중에서 남편은 당신을 최고로 선택한 것입니다.

암컷을 좋아하는 건 수컷의 본능입니다. 그런 남자에게 결혼이란 자신의 모든 것을 포기하고 한 여자에게 올인하겠다는 것입니다. 남자가 결혼하는 순간 모든 인생의 초점은 아내에게 맞춰집니다. 여러 여자에게 주던 찔끔찔끔한 사랑을 모아서 한 여자에게 주는 게 남자의 결혼입니다.

남자는 여자를 위해 죽습니다. 그리고 여자 또한 남자를 위해 희생합니다. 이들이 서로 맞춰 가며 살아가는 게 세상의 조화입니다. 사랑이 있기에 세상이 조화를 이룹니다. 그것이 사랑이고 그것이 희생입니다. 내가 바뀌면 아내도 바뀌고, 내가 바뀌면 남편도 바뀝니다. 부부가 동등하게 5와 5를 가지고 와서 10을 이루어 살면 좋지만, 남편이 부족하여 2를 가지고 있다면 아내가 8을 보태서 10을 만들어 살면 됩니다. 그게 사랑입니다.

좋은 남자라고 좋은 남편이 아니고, 좋은 여자라고 좋은 아내가 아닙니다. 또한 항상 완벽한 남녀들끼리 결혼하는 게 아닙니다. 1등짜리 남자와 1등짜리 여자가 결혼하지는 않는다는 말입니다. 1등짜리 남자가 꼴등짜리 여자와, 꼴등짜리 남자가 1등짜리 여자와 결혼합니다. 나하고 맞아야 좋은 남편, 좋은 아내인 것입니다.

그러니 몇 번을 강조해도 지나치지 않는 것이 결혼입니다. 결혼은 남자와 여자의 단순한 결합이 아닙니다. 품격 높은 결합입니다. 인생에서 가장 중요한 것은 무엇보다 결혼을 잘하는 것입니다. 그러니 좋은 결혼, 복된 결혼에 올인하시길 바랍니다.

사랑으로 만나서 더 나아지는 관계로 발전하는 것이 잘된 결혼입니다. 그런 부부는 시간이 지날수록 더 행복해질 것입니다.

"여보, 사랑해. 당신 때문에 정말 행복해요."

늘 이런 고백 속에 사는 부부가 되십시오. 사랑으로 만나서 행복으로 가는 부부가 되십시오.

healing point

옳고 그름을 떠나 아내를 힘들게 하는 것은 남편의 잘못입니다.
그리고 남편 마음을 어수선하게 하는 것은 아내의 잘못입니다.
사랑하는 사람을 힘들게 하면 내가 더 힘들어집니다.
사랑하는 사람을 힘들게 하지 않기 위해 내가 조금 더 힘든 것,
그게 사랑입니다.
그걸 감수할 수 있어야 행복한 부부가 될 수 있습니다.

실패하는 결혼, 성공하는 결혼

인생을 살아가면서 정말 중요한 것이 하나 있다면 그것은 결혼입니다. 그런데 요즈음 사람들은 직업이나 직장만 중요한 줄 알고, 결혼은 오락같이 생각하는 경향이 있습니다. 인생을 나눌 때 성공한 사람과 실패한 사람을 가르는 기준 중에 하나로 결혼을 꼽는 경우도 있습니다. 인생에서 성공한 사람은 결혼을 잘한 사람이고, 반대의 경우는 결혼을 잘못한 사람입니다.

성공한 결혼과 실패한 결혼의 차이점은 어떤 걸까요?

첫째, 결혼에 실패하는 사람들은 결혼을 너무 즉흥적으로 합니다. 겉으로 드러나는 얼굴만 보고 급한 마음에 결혼하는 것입니다. 결혼은 그렇게 하는 것이 아닙니다. 아무리 급해도 서두르면 안 됩니다.

둘째, 결혼에 실패하는 사람들은 결혼을 너무 모르고 합니다. 결혼이란 게 남녀가 만나 둘이 함께 살면 되는 것으로 압니다. 그런데 그렇지 않습니다. 결혼은 사실 직업 선택보다도 더 중요합니다. 직장은 정년퇴직이 있지만 결혼에는 없습니다. 직업에는 정년이라도 있지만 결혼에는 정년이 없습니다. 그러므로 직업을 선택할 때보다 더 신중히 결혼해야 합니다. 결혼이 무엇인지 알고 해야 하는 것입니다.

셋째, 남녀가 여름과 겨울을 함께 지내보지 않고 결혼하면 실패할 확률이 높습니다. 여름은 더울 때, 옷을 벗었을 때입니다. 겨울은 추울 때, 옷을 껴입었을 때입니다. 무슨 의미일까요? 뜨겁게 사랑할 때와 사랑이 식어서 정말 꼴도 보기 싫어졌을 때를 견딜 수 있으면 결혼하라는 말입니다.

남녀 사이가 연애할 때처럼 항상 좋기만 하다면 무슨 문제가 있겠어요? 하지만 결혼식을 올리고 나면 금방 겨울이 옵니다. 여름에는 애인의 얼굴 한복판에 움푹움푹 깊게 패인 곰보자국도 귀여운 보조개처럼 보이지만, 결혼식이 끝나면 그것이 제대로 보이기 시작합니다. 그래서 다툼이 일어납니다. 심하게 싸운 후에 화해를 하면 부부가 될 수 있지만 더 이상 꼴도 보기 싫다는 생각이 들면 그것으로 끝나는 것입니다. 그럴 바에는 결혼하기 전에 끝내는 것이 낫습니다.

Get married_ 20×29.2 혼합기법

넷째, 결혼 전에는 신중하게 고르고 결혼 후에는 참고 견뎌서 절대로 이혼하지 않아야 합니다. 결혼은 참는 거예요. 인내의 연속입니다. 요즘 사람들은 참 똑똑합니다. 풍부한 지식은 부모 세대에 비할 것이 못 됩니다. 그런데 왜 이혼율은 더 높아져만 갈까요? 서로에 대해 참을 줄을 모르기 때문입니다.

결혼은 참는 것입니다. 그런데 이 말을 들은 젊은 부부들은 대개 그러면 재미가 없다고 말합니다. 재미를 언제 아는 줄 아십니까? 지나고 나야 압니다. 인간은 어리석어서 지나고 나서야 깨닫는 것입니다.

'지나고 보니 우리가 행복했구나.'

'지나고 보니 내가 이 사람을 만나길 정말 잘했구나.'

그러니 결혼할 때 충분히 대화하고, 고민한 후에 결정하고, 그렇게 해서 결혼을 했으면 참고 살아가세요. 처녀 총각 때 만난 배우자가, 헤어진 후 다시 만나는 배우자보다 더 낫습니다. 결혼해서 살면서 겪는 고통이 이혼 후에 찾아오는 그것보다 몇 배는 더 견디기 쉽습니다.

그럼, 결혼을 잘하려면 어떻게 해야 할까요?

첫째, 결혼은 철든 사람하고 해야 합니다. 됨됨이가 원숙까지는 아니더라도 독립적이어야 한다는 말입니다. 철부지하고 결혼하니까 결혼생활이 어려운 것입니다.

둘째, 결혼 전까지 자기를 지킬 줄 알아야 합니다. 얼굴이 예쁜 사람이 하는 행동도 예쁘고 마음 씀씀이도 예쁘다면 얼마나 더 아름답겠어요? 그러니 좋은 남자를 만날 수밖에 없는 것입니다. 자신을 지키고 순결하게 있으면 좋은 남자를 만날 수 있습니다. 상당수의 이혼한 사람들이 혼전 성관계를 가진 경험이 있다고 합니다.

셋째, 부모가 너무 반대하는 결혼은 하지 마세요. 다 그런 건 아니지만, 보통은 인생 경험이 풍부한 부모의 눈이 정확합니다.

넷째, 투자해야 할 사람한테는 과감하게 투자해야 합니다. '이 사람이다' 하는 확신이 있으면 투자하세요. 그리고 부모들은 사위와 며느리를 고르는 것만 신경 쓰지 말고 내 자녀가 정말 준비되었는지를 고민해 봐야 합니다. 일단 자기 자녀를 똑바로 키워 놓고 거기에 맞는 사위와 며느리를 찾아야 수준이 맞는 것입니다.

healing point

힘들고 어려울 때 어떤 사람은 그걸 잘 헤쳐 나가지만 또 어떤 사람은 주저앉고 맙니다. 그 차이가 어디에 있을까요? 내 능력의 차이요, 내 경험과 사고의 차이입니다.

남녀가 사귈 때는 좋은 것만 봅니다. 그것은 단편적인 것입니다. 그들이 결혼을 한 후에는 결코 좋은 것만 보이는 것이 아니기 때문입니다. 따라서 좋은 것과 나쁜 것 두 가지를 다 볼 줄 알아야 합니다.
빛만 알면 아는 게 아닙니다. 어두움을 알 때에야 비로소 빛도 알고 어두움도 아는 것입니다.

아내들의 치명적인 약점 하나

남편과 아내 중에서 누가 돈 관리를 해야 하나요?

이 문제는 풀기가 쉽지 않습니다만, 일반적으로는 여자가 관리하는 것이 더 낫습니다. 왜냐하면 대개 남자들은 돈을 벌 줄만 알지 쓸 줄은 모르기 때문이에요.

어쩌면 더 현명한 대답은 '아내 아니면 남편이라는 흑백 논리를 배제하고 부부의 성향에 따라 상의해서 관리하는 것이 좋다'는 것일 수도 있습니다. 이 문제를 ○×로 물어보면 답이 없습니다. 이 세상에 모나 도만 있나요? 실제로 윷놀이를 하면 개나 걸이 훨씬 더 많이 나오지 않습니까? 흰색이나 검은색이 아닌 회색이 훨씬 더 많아요.

경제 문제는 반드시 상의를 한 후 남편이든 아내든 정하여 관리하기를 권합니다. 그리고 그 내용을 서로 공유하면 됩니다. 남편과 아내가 합의해서 '좋다'라는 결론이 나오면 그대로 진행하세요. 그런데 남편이나 아내 중 한쪽이 '싫다'라고 말하면 하지 마세요. 그런 경우에는 부부가 합의될 때까지 기다려야 합니다. 그러면 실수하지 않아요. 남에게 떼인 돈은 남편 몰래 빌려 준 돈이고, 망하는 사업은 아내 몰래 추진한 사업입니다.

부부란 돈을 초월하는 신비한 힘을 가진 관계입니다. 돈보다 더 중요한 것도 남편은 줄 수 있어요. 가계부를 쓰라는 것이 아내가 돈 몇 푼 쓰는 걸 알고 싶어서도 아니고, 또 경제권을 다시 달라고 하기 위해서도 아닙니다. 상대가 원하면 돈 씀씀이를 공개해야 합니다. 그 이유는 아내가 돈보다 소중하기 때문입니다. 잘못되는 걸 미리 방지할 수 있거든요.

이건 남편의 경우에도 마찬가지입니다. 남편이 관리한다고 해서 아내가 몰라서도 안 되고, 아내가 관리한다고 해서 남편이 몰라서도 안 됩니다. 각자가 관리해도 수입에 대한 공유는 반드시 해야 합니다.

그런데 아내들에게 치명적인 약점이 하나 있습니다. 남편이 돈을 주면 그 돈이 자기 것인 줄 안다는 거지요. 그래서 '내 돈은 내 돈, 남편 돈도 내 돈'이라고 생각합니다. 그러니 남편이 1,000만 원을 벌어다 줘도 돈을 줄 때마다 남편을 구박합니다. 그 돈을 남편이 주었음에도 불구하고 말이죠.

그리고 또 하나. 아내들은 남편이 월급 이외의 돈으로 선물을 사 주는 것을 굉장히 좋아합니다. 그런데 그럴 능력이 있으려면 남편에게 돈이 있어야 하잖아요? 남편의 '내 돈'을 인정해 줘야 하는 겁니다. 그런데 왜 아내들은 남편들의 '내 돈'을 인정하지 않을까요? 남편들이 그 돈을 모두 허투루 쓴다고 생각하기 때문이죠.

음식을 먹는 동물 중에 과식을 하는 건 인간밖에 없습니다. 인간을 제외한 모든 동물은 먹이를 먹다가도 배가 부르면 그만 먹습니다. 그러니 병원이 없어요. 병원을 만들어 놓고 가는 건 사람밖에 없어요. 그럼 왜 사람이 병원에 갈까요? 바로 욕심 때문입니다. 그만 먹어야 하는데도 계속해서 먹기에 병원에 가는 겁니다.

마찬가지로 사업을 하든지 뭘 하든지 '이건 아니다'라는 느낌이 오면 그때 그만두어야 합니다. 내가 해야 할 일이 아니고, 사야 할 물건이 아니고, 투자할 일이 아니라는 것을 본인 스스로가 안다고요. 그럼 멈춰야 하는데 "조금만 더, 조금만 더"를 외치며 넘어갑니다. 그게 바로 욕심인 것이지요.

모든 문제는 욕심에서 출발합니다. 망하는 데에는 욕심이 있어요. 그런데 사람들은 그걸 욕심이라고 안 하고 '과투자'라고 포장을 하지요. '과過'가 바로 욕심인 거예요. 운전을 험하게 해도 괜찮습니다.

설령 접촉사고가 난다 해도 괜찮아요. 하지만 목숨을 잃는 사고는 과속하기 때문에 발생하는 것입니다.

빚은 아무리 좋아도 무서운 것입니다. 은행은 결코 우리를 위해 존재하지 않습니다. 은행 또한 수익을 내야 하는 기업이라는 뜻이지요.

빚을 졌을 때는 가족을 위해 남편이 책임을 져야 합니다. 남편 혼자 책임지고 다 해결한 다음에 다시 돌아보면 지금보다 훨씬 더 가정이 안정되어 있을 것입니다. 특히 아내가 평생 동안 모은 재산을 날린 경우라면 더욱 그렇습니다. 남편이 책임지는 자세를 보여 준다면 아내는 더 큰 재산을 얻은 것처럼 느낄 것입니다.

healing point

아내가 남편을 이기는 이유는 남편이 실수하기 때문입니다. 또 하나는 힘이 달려서이고요. 남편이 경제적으로 실수했을 때 너무 몰아세우지 말고 사랑으로 감싸 줍시다. 세월은 점점 흐르기 때문에 남편은 어차피 아내에게 질 수밖에 없잖아요.

한꺼번에 다 쓰는 사랑

대부분의 남자는 여자에게 장가들기 위해서 최선을 다합니다. 그런데 결혼 후에는 결혼 전에 했던 노력의 반의반만 해 주어도 좋으련만 대부분은 그렇지 못합니다. 결혼 후 남자가 변하는 이유는 여자와 결혼하려는 자신의 목적을 이루었기 때문입니다. 최선을 다할 이유가 없어져 버린 거지요.

사랑은 길게 가야 하는데, 남자들은 여자를 얻기 위해 한꺼번에 사랑을 쏟아 붓는 경향이 있습니다. 남자들의 결정적 약점이지요. 그러니 결혼한 후에 그 사랑이 고갈되는 건 당연한 이치이지요. 그러면 왜 사랑을 한꺼번에 다 쓸까요? 그러지 않으면 여자를 데려올 수 없다고 생각하기 때문입니다.

아이를 낳은 후에 아내들은 걸핏하면 여기저기가 아프다고 말합

마중_ 20×29.2 혼합기법

니다. 반면에 남자들은 웬만큼 몸이 아파도 아내에게 말하지 않습니다. 그래서 아내들이 아프다고 하면 큰 병이 아닌 한 엄살을 부린다고 생각합니다.

남편들은 아내가 아프다고 하면 "당신만 아파? 나도 아파!"라고 타박하거나, "또 아파? 그럼 병원 가!"라고 말합니다. 이 말은 참으로 아내를 서운하게 합니다. "당신 많이 아파? 어디가 그렇게 아파?"라고 다정하게 말해 주면 참 좋을 텐데 말입니다.

여자들은 문제 해결 이전에 공감을 표현해 주길 바랍니다. 여자들은 영혼이 담긴 한마디를 원할 뿐입니다. 하지만 여자들이 원하는 방식대로 생각해서 표현해 주는 것은 남자의 뇌 구조상 불가능합니다.

그렇게 말하고 행동하는 건 남자들이 나빠서 그런 게 아닙니다. 아내들이 아플 때 잘해 주는 방법을 보고, 배우지 못했기 때문입니다. 원래 안 하던 짓(?)을 하는 게 제일 어려운 법입니다.

유능하지만 무심한 남편과 무능하지만 따뜻한 남편이 있다면 어떤 사람을 고르겠어요? 유능하면서 따뜻하기까지 한 남편을 만난다는 건 아내들의 욕심이에요. 일반적으로 아내를 위해 살면서는 유능해지기 어렵고, 본인이 부족하면 아내에게 최선을 다하려고 합니다.

저 또한 아내가 아프면 병원에 같이 갑니다. '차라리 내가 아픈 게 낫지'라는 속마음을 가지고 있습니다. 이렇듯 몸과 마음이 함께하면 가장 이상적입니다. 하지만 대부분의 남편들은 바쁜 업무나 일정 때문에 그러지 못합니다. 그러면 겉으로 드러나는 현상만 보고 아내들은 또 서운해합니다.

이럴 때 남편들이 불만을 제기하지요. 내가 잘해 준 것도 많은데, 10번 중에 5번을 잘해 주고 5번을 잘못해 줬는데 어떻게 500번 못해 준 것처럼 말하느냐고요. 아내에게 잘해 준 것도 기억해 달라고 하는 거지요.

그렇지만 여자는 아무리 잘해 줘도 만족을 모르는 동물이라고 단언할 수 있습니다. 남자가 아무리 원하는 대로 해 주어도 여자는 항상 '더'가 있어요.

남편들이 알아야 할 중요한 것이 있습니다. 아내가 아플 때 그 마음을 헤아려서 매너 있게 행동하는 것이 필요하다는 점입니다. 그거 하나만 해 주면 아내들의 마음이 풀어질 텐데 그걸 제대로 해 주는 남편이 적으니 온갖 욕을 다 듣는 것입니다.

○

healing point

남편이 아플 때 아내가 "내 말 안 듣더니 쌤통이다"라고 말한다면, 이건 아내가 아플 때 남편이 서운하게 했다는 뜻입니다. 마음속에 미움이 있다는 증거이지요.

여자들은 나이가 들면 건망증이 생기기도 합니다. 자동차 키를 손에 들고 그것을 찾는 우스운 경우도 생기지요. 그런데 이런 아내라도 남편에게 서운한 건 잊지도 않고 30년이 넘도록 기억하니 남자들이 미치지 않겠어요? 가능한 한 아내를 서운하게 하지 맙시다.

잘 싸우는 것도 기술이다

저는 아내와 싸움을 하면 무조건 이깁니다. 말로도 이기고 힘으로도 이깁니다. 대한민국 남자 최후의 보루라는 사명감을 가지고 싸우기 때문이죠. 물론 농담입니다.

한번은 아내가 이렇게 말했습니다.

"여보, 당신 나랑 싸우면 만날 이기죠?"

"그렇지, 내가 이기지."

"근데 꼭 당신이 옳아서만 이기는 게 아니에요."

"그럼 내가 틀렸는데도 당신이 져 줬다는 말이야?"

"당신이 이기는 이유는 내가 져야 당신이 이기고, 당신이 이겨서 기분이 좋아야 내가 좋기 때문이에요."

아내가 남편과의 싸움에서 이겨 봤자 결국 남는 건 남편의 비참한 모습밖에 없을 텐데, 그 모습을 보는 것이 힘들다는 거지요.

그 말을 듣고 보니 일리가 있다고 생각했습니다. 부모와 자식이 싸우면 결국 모든 싸움은 자식이 이깁니다. 왜 자식이 무조건적으로 이길까요? 자식이 옳아서 이기는 게 아니라 부모가 자식을 사랑하기 때문에 자식에게 지는 것입니다. 사랑을 많이 하는 쪽이 지는 것입니다. '지는 게 이기는 거다'라는 말이 이래서 나온 것입니다.

부부가 싸우는 이유는 천차만별입니다. 경제적 문제, 자식 문제 등등 여러 가지가 있죠. 서로 다른 사소한 습관 때문에 싸우기도 하고요.

먼저 경제적인 문제에 대해 이야기해 봅시다. 형편이 되면 자식에게 비싼 과외를 시켜도 되고 친구에게 돈을 빌려 주어도 됩니다. 하지만 뒷일을 생각하지 않고 수준에 맞지 않는 행동을 할 때 모든 문제가 발생합니다. 어떤 집은 웃으면서 아이를 학원에 보낼 수 있지만 또 다른 집은 이걸로 인해 싸움이 일어나고 심하면 이혼으로 이어지기도 합니다.

무슨 일이든 과하면 독이 되는 법입니다. 결국 분수에 맞게 사는 것이 부부 싸움을 안 하는 길이에요.

다음으로 자식 문제가 있습니다. 교육학자들은 "부부의 자녀교육관이 일치해야 한다"고 말합니다. 그래야 자녀들이 혼란스럽지 않다는 거죠. 아빠는 아이에게 놀라고 하고, 엄마는 지금 열심히 공부하라고 하면 안 된다는 거지요. 또한 아빠는 아이가 법관이 되길 희망하고, 엄마는 의사가 되라고 한다면 이것 또한 안 되는 것입니다. 그러려면 먼저 아이 교육에 대한 심도 있는 대화가 필요하겠지요.

부모의 상반된 교육관은 아이를 망치는 지름길입니다. 아빠의 의견이 절반은 맞을 수가 있습니다. 엄마의 의견 또한 절반은 맞을 수가 있습니다. 하지만 100퍼센트 옳은 의견은 없습니다. 그런데 요즘 자녀교육에 엄마의 의견이 절대적으로 작용하는 게 문제입니다. 교육에 대한 부부의 합의가 반드시 필요합니다.

해답은 아이가 가지고 있습니다. 아이 교육의 핵심은 부모에 대한 사랑과 아이에 대한 믿음입니다. 아이에 대한 신뢰가 가장 중요합니다. 아이는 믿는 만큼 성장하기 때문이죠. 옆에서 묵묵히 지켜 봐 주는 것도 부모의 역할입니다.

"자녀에 대한 교육관이 남편과 달라요"라고 상담해 오시는 분들이 많습니다. 모성애는 만고불변의 진리이지요. 엄마는 누가 뭐래도 자식을 사랑합니다. 물론 아빠도 아이를 사랑하지만 엄마의 그것에 비할 바가 아닙니다. 그래서 다른 건 남편에게 양보해도 대부분의 엄마들이 자식 문제만큼은 이성을 잃을 정도로 발끈합니다.

사교육은 집에 있는 엄마에게는 금방 와 닿지만 직장에 다니거나 사업을 하는 아빠에게는 기리가 먼 이야기입니다. 대개 엄마가 아이를 데리고 학원 등을 다니는 반면 아빠들은 무관심하거나 바쁘기 때문에 잘 모르는 거지요. 따라서 자식 문제 때문에 부부 싸움을 하지 않으려면 형편에 맞게 부부가 상의해서 결정하면 됩니다. 모든 문제는 신뢰가 깨지면서 생기는 것입니다.

남편과 아내, 그리고 아이가 모두 함께 충분한 상의를 거친 후에 한 결정은 잘못되더라도 괜찮습니다. "아이를 미국으로 유학 보내자"고 엄마가 의견을 제시했을 때 아빠도 좋고 엄마도 좋고 아이도 좋다고 결정한다면 문제가 발생해도 괜찮다는 말이에요. 모두가 좋다고 결정한 것이니까요.

그런데 아무도 찬성하지 않는데 엄마 혼자서 결정해 아이를 유학 보내면 가정 파탄의 원인이 됩니다. 싸움은 한쪽이 독단적으로 결정할 때 발생하는 법이에요. 그러므로 모든 결정은 가족이 상의해서 내리는 게 중요합니다.

healing point

"당신이 뭘 알아?"
이 말은 부부 싸움을 하더라도 절대로 해서는 안 되는 말입니다. 안다는 것은 사람 사이에 차이가 날 수밖에 없어요. 어떤 사람은 공부를 많이 해서 아는가 하면, 또 어떤 사람은 지혜로 알기도 해요. 상대방의 장점을 인정하지 않는 말은 상처를 줍니다. 먼저 상대방을 존중하려는 자세가 필요합니다.
그리고 싸울 때 절대 해서는 안 되는 말 하나 더.
"저건 꼭 제 엄마(아빠)를 닮아 가지고……."

쥐는 술을 마실까요?

저는 단 한 번도 아내를 의심해 본 적이 없습니다. 아내가 정말 믿을 수 있는 사람이기 때문이지요. 이렇듯 부부 사이에 꼭 필요한 것은 서로에 대한 믿음입니다. 하지만 이러한 믿음이 배신으로 돌아올 때가 있습니다.

실험을 했습니다. 쥐 앞에 물 한 잔과 술 한 잔을 놓았습니다. 쥐는 무엇을 마실까요? 사람들에게 물어보니 쥐가 물을 마실 것이라는 사람과 술을 마실 것이라는 사람으로 나뉘었습니다.

결론적으로 쥐는 술을 마시지 않습니다. 물만 마십니다. 그런데 왜 어떤 사람은 쥐가 술을 마신다는 것에 손을 들었을까요? 그 이유는 자기 식대로 생각했기 때문입니다. 내가 술을 좋아하니까 쥐도 술을 마실 거라고 판단한 거지요.

이렇듯 의처증이나 의부증은 자기 의심을 아내나 남편에게 투영시키는 것입니다. 내가 나를 믿으면 아내(남편)를 믿습니다. 스스로를 못 믿으면 배우자의 모든 것이 의심되는 상황이 전개되는 거지요. 그래서 보통은 아내가 늦게 들어오면 '아, 아내에게 무슨 일이 있구나!'라고 걱정을 하게 마련인데, 의처증이 있으면 '어느 놈이랑 수작을 하고 있구나!'라고 의심을 하지요. 이게 자기 방식이라는 겁니다.

사람은 자기 기준에 따라 상대방을 판단합니다. 다른 사람을 보는 눈이 곧 내가 나를 보는 눈이라고 할 수 있지요. 하지만 태어날 때부터 성격이나 성향이 불안도가 높은 사람이 있습니다. 그런 사람에게서 의처증이나 의부증이 생기기 쉽겠지요.

아내들이 제일 걱정하는 것이 돈입니다. 내일 아이가 준비물을 산다고 돈을 달라고 하는 상황이 벌어졌다고 합시다. 그런데 돈이 없어요. 그럼 보통 아내들은 오늘 저녁부터 걱정하기 시작합니다. 그리고 걱정에 또 걱정을 하면서 새벽까지도 걱정 때문에 잠을 설칩니다. 체력이 좋으면 꼬박 밤을 새워서라도 고민할 것입니다. 문제는 그래도 돈이 나오는 게 아니라는 거지요.

반면에 오늘은 일찍 자고 내일 걱정하는 아내들이 있습니다. 어차피 잘 거 초저녁까지만 걱정하고 자는 편이 낫지 않겠어요? 인생을 살다 보면 깨닫게 됩니다. "내가 쓸데없는 걱정을 많이 했구나"라는 것을요. 세상에 100가지 걱정이 있다면 그중에서 1가지는 그 걱정이 맞을 수가 있어요. 하지만 나머지는 거의 쓸데없는 걱정입니다.

아내는 남편이 자신의 말은 제대로 듣지도 않고 시댁 편만 들 때, 빚이나 보증 등 돈 문제를 숨겼을 때, 또는 바람을 피웠을 때 남편에게 배신감을 느낍니다. 부부 사이가 꺼림칙하다는 것은 이미 문제가 생기고 있다는 뜻입니다.

그런데 문제가 생기는 원인이나 문제에 대한 개념이 남편과 아내 사이에 다른 경우가 많습니다. 보통 남편들은 아내들이 걱정할까 봐 돈 문제에 대해 말을 하지 않습니다. 문제가 터지고서야 비로소 아내에게 말을 하지요. 그러면 아내는 왜 미리 말하지 않았느냐고 닦달합니다. 아무리 사소한 돈 문제라도 아내에게 말하는 것이 좋습니다. 이미 아내가 알게 되었을 때라도 다시 한 번 말하는 것이 좋습니다. 돈 문제는 서로 알고 있는 것이 최선입니다.

남자는 여자의 모든 것을 이해합니다. 돈을 떼이고, 성형수술을 몇 번 했어도 이해하고 용서합니다. 하지만 단 하나, 이해하지 못하는 것이 있습니다. 바로 내 여자의 과거입니다.

한 남자가 있었습니다. 그 남자가 결혼을 했는데 아내의 과거가 의심스러웠습니다. 그래서 연극을 했습니다.

"미안해. 내가 자기처럼 순진한 여자하고 결혼을 했는데 자꾸 자책이 되어서 그래. 사실 나 결혼 전에 과거가 있었어."

자기가 먼저 고백하는 척하면서 슬쩍 아내를 떠보는 거지요. 그럼 아내는 "괜찮아요. 다 지난 일인데요" 하고 지나가야 합니다. 그러지 않고 남편의 꼬임에 넘어가서 "사실 저도 과거가 있었어요"라고 말하면 큰일 납니다.

여자의 과거 고백은 큰 어려움을 가져옵니다. 상상하지도 못할 만큼 큰 후폭풍입니다. 과거를 고백한 아내는 대부분 남편을 더 지극정성으로 대합니다. 하지만 남편은 아내의 행동을 보고 '그 남자에게도 이렇게 했겠지?'라고 생각합니다. 결국 남편은 아내의 과거를 용납할 수 없는 지경에 이르기도 합니다. 그래서 여자의 과거는 절대로 이야기해서는 안 된다는 말을 하는 것입니다.

하지만 사랑은 배우자의 과거마저도 극복하는 것입니다. 아내의 과거를 들었다 할지라도 덮고 같이 사는 게 사랑이라는 거지요. 물론 이상적인 이야기일 수 있습니다. 하지만 가정을 지키겠다는 마음의 결정을 내렸다면 그렇게 해서라도 가정을 지켜 나가는 것이 최선입니다.

○

healing point

부부가 살아가면서 “여보, 나는 살면 살수록 당신이 좋아”라고 긍정적인 반응을 보이는 사람이 있는가 하면, “내가 이런 사람하고 살려고 이렇게 고생하는 거야”라고 부정적인 반응을 보이는 사람도 있습니다.
이왕이면 긍정적인 눈으로 세상을 바라보세요. 상대방의 장점을 찾아내면서 말입니다. 물론 이상적인 말이지요. 하지만 세월이 지나면서 가만히 생각해 보면 그게 옳았다는 것을 느낄 수 있을 겁니다.

사랑하고
싸울 수 있는
단 한 사람

보통은 남편이 아내를 외롭게 합니다. 그런데 어느 순간 남편이 아내보다 더 외로워지는 순간이 찾아옵니다.

제가 주장하는 인생 네 박자론이 있습니다. 배우자가 자신을 외롭게 하지 않고, 자신 스스로도 외롭지 않으면 1등입니다. 반면에 상대방을 외롭게 하고, 자신 스스로도 외로우면 4등입니다. 상대방이 나를 외롭게 하더라도 나 스스로 안 외로우면 2등이고, 상대방을 외롭게 하지는 않는데, 스스로가 외로우면 3등입니다.

그래서 부부는 스스로 외로워지지 않는 방법을 터득해야 합니다. 그걸 터득할 생각은 안 하고 주야장천 신세 한탄만 해서는 안 됩니다.

"여보, 왜 이렇게 늦어."

"여보, 왜 이렇게 나를 외롭게 해."

이러면 결국에는 못 살겠다는 말이 나올 수밖에 없습니다.

아내들은 이렇게 항변할 수 있습니다.

"처음부터 외롭다고 말하는 것이 아니라, 어느 순간 억눌려 있던 외로움이 터지는 거예요."

아내의 이 말을 이해하면 남편이 철이 드는 것입니다. 하지만 대부분의 남편은 아내의 외로움을 잘 모릅니다. 즐거운 자리에 갔을 때 혼자 집에 있는 아내를 의식하는 남편은 훌륭한 남편입니다. 그런데 사람은 모든 문제를 자기 방식대로 생각하는 경향이 있어요. 그래서 지금 내가 즐거우니까 아내가 외로울 거라는 사실을 잊어버리는 거지요.

그렇다고 원망만 하면 뭐가 좋겠어요? 자기 나름대로 고독을 즐기든지, 아니면 책을 읽거나 모임에 참석하든지, 자기계발을 해서 극복하는 게 필요합니다.

반대로 아내가 바빠져서 남편이 외로워지는 경우가 있어요. 그때 남편도 마누라 꽁무니만 따라다니지 말고 자신이 할 수 있는 극복 방법을 계발해야 해요. 그러면 서로가 외로움을 극복해 갈 수 있는데, 대개는 탓만 하니 계속 "외롭다"고 말할 수밖에 없습니다.

남편과 아내의 관계에서 어느 정도까지의 행동을 해야 하는지 파

악할 수 있어야 합니다. 수면제가 어떤 이에게는 약이 되지만, 어떤 이에게는 독이 되는 것처럼 말이에요. 처방약의 강도도 사람에 따라 다 다르듯이 상황에 맞는 자신만의 방법을 찾아내 응용할 필요가 있습니다.

healing point

내가 사랑하고 싸울 수 있는 사람은 단 하나, 배우자밖에 없습니다. 참고 참고 또 참다가 터트릴 수 있는 유일한 사람입니다. 배우자는 어떤 상황에서도 영원히 내 곁을 지켜 줄 거니까요.

2장

훌륭한 남편과 지혜로운 아내

사람의 마음과 생각이 좋으면 거기에서
좋은 말이 나오고,
사람의 마음과 생각이 나쁘면
거기에서 형편없는 말과 행동이 나옵니다.
배우자에게 좋은 말로
격려와 위로를 전하세요.

남자는 사실을,
여자는 진실을 본다

한 조사 결과에 의하면 우리나라 부부의 하루 대화 시간이 1시간 미만인 경우가 60퍼센트나 된답니다. 그래서 부부 사이에 갈등이 있을 때 "대화하자"라고 말하는 경우가 많습니다. 하지만 이런다고 둘 사이가 풀어지는 것이 아닙니다. 일단 마음이 풀어져야 대화가 되는 겁니다. 왜 대화가 안 될까요? 사랑이 식었기 때문입니다.

연애할 때는 서로 통화하다가 전화기를 베고 잠드는 경우가 종종 있습니다. 어떻게 그럴 수 있었을까요? 사랑하니까요. 사랑이 있을 때에는 "자기야 다리 아파"라고 말하면 당장 "업혀, 업혀, 업혀"라고 말합니다.

그런데 결혼해서 사랑이 식은 후에는 대화가 달라집니다. 아내가 "여보, 나 다리 아파요. 나 업어 줘"라고 투정을 부리면 남편은 "내가 뭐랬어, 나오지 말랬지. 당신 업고 가다가 내가 고꾸라져"라며 화를 냅니다.

사랑만 있으면 대화만큼 즐거운 것도 없습니다. 연구에 의하면 여자는 하루에 2만 단어를 씁니다. 반면에 남자는 7,000단어만을 씁니다. 그러니 부부가 서로 대화할 때 남편이 할 일은 딱 한 가지입니다. 판소리할 때 추임새를 넣듯이 "얼쑤" 하고 아내의 말에 무조건 맞장구를 쳐 주면 되는 것입니다.

사랑이 없어도 대화가 되는 단계가 있습니다. 남편(아내)이 딱하게 느껴질 때 그렇습니다. 한마디로 측은지심의 단계죠. 그 단계가 되면 아내의 말이 듣기 싫어도 자연스럽게 들리게 됩니다. 대화의 고통보다 아내가 소중하다고 느끼기 때문이지요.

보통 남편들이 아내에게 자주 하는 말이 있습니다.

"자자."

"텔레비전 리모컨 어딨어?"

"밥 줘."

또한 남편은 죽어도 이해하지 못하는 아내의 말이 있습니다.

"나도 성형수술 할까?"

"나 어제보다 살찐 거 같지 않아?"

"나 머리 기를까, 자를까?"

성형수술을 하든지, 머리를 자르든 기르든 여자들은 뭐가 그렇게

복숭아티 탕욕_ 35×26 종이에 아크릴, 혼합기법

복잡할까요? 남자들은 이럴 때 한마디만 하죠.

"알아서 해."

폭포 앞에 선 여자는 물이 떨어지면 굉장히 감격해합니다.

"자기야, 저기 물 떨어지는 거 좀 봐봐."

말 그대로 감탄입니다. 반면에 남자는 이렇게 반응합니다.

"무슨 물 떨어지는 것 보고 그렇게 요란을 떨어?"

남자는 사실을 보고, 여자는 진실을 봅니다. 남자는 문제 해결을 위해 대화를 하고, 여자는 공감을 목적으로 대화를 합니다. 그래서 여자들이 대화 속에서 원하는 것은 감동입니다.

"당신은 머리 길어도 예쁘고, 짧아도 예뻐."

연애할 때 남자는 이렇게 이야기합니다. 하지만 결혼 후에는 굳이 아내의 비위를 맞춰 가면서까지 그렇게 말하고 싶지 않습니다.

"뭘 그런 걸 신경 써? 우린 부부잖아."

남편들은 이야기를 듣고 결론을 내리려고 하지만, 아내들은 자신의 말을 듣고 공감해 주기를 바랍니다. 그렇다면 공감이 필요한 대화일 경우에는 같은 여자들을 찾아 수다를 떨면 어떨까요? 문제 해결이 필요할 경우에는 남편하고 대화를 하면 됩니다. 각각의 상황에 따라 대화의 상대를 달리하면 된다는 말입니다.

healing point

결혼한 이후 다정한 대화가 줄었다 해서 사랑이 식은 건 아닙니다. 아내들은 남편에게서 흡족한 공감을 얻지 못했다 하더라도 너무 속상해하지 말고 남편을 좀 이해해 주면 어떨까요? 남편들 또한 아내의 말에 진심으로 공감해 주고 맞장구쳐 주면 부부 사이가 더욱 부드러워질 것입니다. 진짜 좋은 부부는 침묵 속에서도 사랑이 느껴집니다.

최고의 배우자와 최악의 배우자

배우자 제1의 조건은 뭘까요? 저는 자신과 잘 맞는 사람이라고 생각합니다. 정말 좋은 옷도 세탁비가 부담되면 못 입습니다. 밍크가 좋잖아요. 그런데 그걸 세탁소에 드라이클리닝을 맡기면 한 달 생활비가 들어갑니다. 자주 입을 수가 없어요. 아무리 좋다 하더라도 내 수준과 맞지 않으면 '그림의 떡'일 수밖에 없습니다. 여자 얼굴도 마찬가지입니다. 예쁘면 관리를 해야 합니다. 그걸 유지하는 데 드는 돈은 웬만큼 벌어서는 감당이 안 됩니다. 결국 모든 것은 자신과 맞아야 합니다.

최악의 배우자를 한마디로 정의하자면 '성격이 아주 못된 사람'이라고 할 수 있습니다. 매사에 부정적이고 마이너스적인 사고를 지닌 사람이 있습니다. 솔직히 못생겨서 이혼하는 사람은 없습니다. 부부 이혼 사유의 1순위는 '성격' 차이입니다.

사주에 '여자가 많이 붙는 사람'이라고 나와 있다면 그건 문제가 안 됩니다. 산부인과 의사를 하면 됩니다. 여자들이 자꾸만 달려드니 얼마나 병원이 잘되겠어요? 농담처럼 말했지만, 배우자의 단점도 장점으로 바꿀 수 있는 지혜가 필요합니다. 모든 건 생각하기 나름이에요. 웬만하면 고쳐 가면서 살면 된다는 이야기입니다. 한때 언론에서 마마보이가 문제라는 기사가 많이 나왔습니다. 하지만 그걸 이해하고 조절하는 현숙한 여인이 있다면 최고의 배우자인 것입니다.

'끔찍한 시아버지는 미래의 남편이다'라는 말을 자주 듣습니다. 이 말은 옳은 것 같지만 꼭 그런 것만은 아닙니다. 어떤 사람은 분명히 반면교사로 삼기도 합니다. 따라서 아버지 닮는다는 말이 좋은 사람은 그렇게 듣고, 고쳐야 한다는 의미로 듣는 사람은 또 그렇게 들으면 됩니다.

제 아버지는 애주가였습니다. 저 또한 교회를 다니지 않았다면 술을 좋아했을 것입니다. 게다가 잘 마셨을 것입니다. 하지만 신앙의 힘이 저로 하여금 술을 못 마시게 했습니다. 그래서 아버지를 닮아서 나타나야 할 모습들이 제게는 많이 없습니다. 유전적인 단점을 노력으로 극복한 경우이지요.

착한 남편 때문에 대신 악역을 맡는 아내가 있습니다. 남들이 볼 때 착한 행동이라고 해서 가족에게도 꼭 착한 것은 아닙니다. 좋은 약도 먹고 죽으면 독약인 것이지요. 그런 남편을 대신해 악역을 맡은 아내의 행동도 꼭 악한 것은 아닙니다. 겉으로는 독처럼 보여도 좋은 약이 될 수도 있지요.

대개 남자는 이성으로 모든 일에 접근합니다. 하지만 "내가 틀려도 내 편이 되어 줘"라고 말하는 게 여자입니다. 아내가 악역을 맡았을 때는 아내의 편이 돼 주세요. 설령 아내가 틀렸더라도 말입니다. 당신의 아내는 귀하니까요.

healing point

모든 일은 순리대로 풀어야 합니다. 순한 사람은 순하게 푸는 게 순리입니다. 남편이 착하면 착한 대로 인정하십시오. 물론 남편은 자신의 그런 성품 때문에 아내가 불편해한다는 사실을 알아야 합니다. 말없이 있는 아내의 불편을 느끼고 조금씩 바꿔어 가는 게 진짜 사랑입니다.

사고를 치는 사람들

남편들 가운데 유독 사고(?)를 많이 치는 사람이 있습니다. 도박을 한다거나, 술 먹고 호기를 부리며 자기가 계산한다거나, 아내와 상의도 없이 거액의 돈을 친구에게 빌려 준다거나 하는 사람 말입니다.

사고를 친 남편들의 유형도 다양합니다. 기죽지도 않고 뻔뻔하게 아내에게 큰소리치는 사람이 있는가 하면, 납작 엎드려서 아내의 눈치를 보는 남편도 있습니다. 또 일단 사고가 터지기 전까지는 아무 소리 없이 잠자코 있는 남편도 있습니다.

남자들 중에는 의리를 무진장 따지는 사람이 많습니다. 그들은 보통 성격이 활발하고, 대인 관계도 넓으며, 운동신경도 뛰어납니다. 게다가 진취적인 생각과 아이디어가 샘솟습니다. 많은 여자들에게 호감을 주는 스타일이지요.

하지만 이런 장점은 결혼과 동시에 단점이 될 수도 있습니다. 아는 사람이 많으니 그 사람들과 한 번씩만 만나도 일주일 내내 늦게 들어올 수밖에 없고, 인간관계를 유지하기 위해 친구들에게 돈도 잘 빌려 줍니다. 하지만 이건 진정한 의리가 아니라 미성숙하고 자기조절 능력이 떨어지기 때문이라는 것을 알아야 합니다.

"친구야, 나 돈 좀 빌려 줘"라는 말을 들었다면 이렇게 반응해야 합니다.

"미안하다, 친구야. 나 돈 없다."

그러면 진정한 의리가 있는 친구라면 이렇게 반응합니다.

"미안하다. 친구한테 돈 얘기하는 게 아닌데……."

이게 정상입니다. 그렇지 않고 "이 자식이 돈 있으면서 없다고 하네. 의리 없는 놈!"이라고 적반하장의 반응을 보이는 사람도 있습니다. 앞뒤 모르는 사람입니다. 안 빌려 주는 친구가 나쁜 놈이면 빌려 달라고 하는 친구는 좋은 놈인가요?

여자 문제로 속 썩이는 남자도 있습니다. 물론 아내에게 외도로 인한 상처를 주지 않는 게 최선입니다만, 어쩔 수 없이 그런 상황이 되었다고 합시다. 이때 아내에게 진정으로 사과한다면 이전보다 더 나은 부부가 될 수도 있습니다. 이게 진짜 아내가 원하는 반성인 것입니다.

"지은 죄가 있으니까 저러지"라고 말하는 사람도 물론 있을 것입니다. 하지만 아내가 남편을 용서하기로 결심했다면, 저 사람은 원래 저럴 남자가 아니었는데 반성해서 저렇게 좋아졌다고 생각합시다. 외도를 상처가 아닌 반전의 계기로 삼는 건 어떨까 합니다.

물론 사고를 치는 것은 남자만의 전유물이 아닙니다. 아내들은 남편 몰래 성형수술을 한다든지, 빌려 주고 못 받은 돈이나 떼인 곗돈이 있는 경우가 있습니다. 또 분수에 넘치는 과도한 쇼핑을 하는 경우도 있습니다. 과도한 쇼핑인지 금방 알아차리는 방법이 있습니다. 신용카드를 긁는 순간 '이거 잘 샀다'라는 생각이 들면 진짜 잘 산 것이지만, '내가 미쳤네'라는 생각이 들면 진짜 미친 짓을 한 겁니다.

명품은 물론 누군가는 사서 써야 합니다. 자신의 경제적 수준이 된다면 얼마든지요. 문제는 자신이 그 수준에 미치지 못하는데 과시욕 때문에 충동구매를 한다는 데 있습니다. 그러면 뒷감당이 안 돼서 사고로 이어지고 맙니다.

돈 있는 사람은 돈을 쓰고, 돈 없는 사람은 절약해야 합니다. 부자가 돈을 안 쓰면 돈이 안 돌아서 없는 사람들이 더 힘들어지잖아요.

그럼 돈 없는 사람이 좋은 차 타는 게 뭐가 잘못인가요? 그건 잘못은 아닌데 힘들잖아요. 각자의 형편에 맞는 현명한 소비가 필요합니다.

이런 것들은 사실 부부 사이에 상의를 하면 문제가 안 됩니다. 돈을 쓰는 것이 과했다는 생각이 들면 반드시 상의 후에 결정하십시오. 아내가 "여보, 나 이거 500만 원 주고 샀어"라고 했을 때 남편이 "필요했잖아. 잘했어"라고 반응한다면 문제가 되지 않습니다. 하지만 "당신 나랑 이혼하고 싶어?"라는 반응이 나오면 그건 해서는 안 되는 것입니다.

시어머니 중에도 사고를 치는 사람이 많습니다. 만약 시어머니가 빚을 갚아 달라고 요구한다면 어떻게 하시겠어요? 제 입장이라면, 빚을 갚아서 깔끔히 상황이 정리된다면 당연히 갚아 줄 것입니다. 하지만 감당이 안 된다면 일단 피할 것입니다. 다 넘어지면 안 되거든요. 함께 불행해지는 건 구제가 아닙니다.

예전에 아버지가 방앗간을 운영했습니다. 1년 뒤에 일꾼들에게는 삯을 줬지만 자식들에게는 주지 않았습니다. 아버지께 왜 자식에겐 품삯을 안 주느냐고 하면 이렇게 말씀하셨습니다.

"나중에 다 너희들 거야."

그것만 믿고 있었습니다. 그 후 교회를 개척하게 되었을 때 돈이 필요해서 아버지께 보증을 부탁드렸습니다. 그랬더니 "그런 이야기는 하지 말자"라고 단칼에 잘라 버리셨습니다. 당시는 이 말이 몹시 서운했습니다. 사업도 아닌 목회 일을 하기에 떼이는 경우도 발생하지 않을 테니 말입니다. 그런데 나중에 생각해 보니 아버지의 말씀이 이해가 됐습니다. 돌아가시고 나니 그 몫이 자식들에게 왔습니다.

돈이 도는 이유가 있습니다. 써서 돌고, 보증 서서 돌고, 사기 당해서 돕니다. 돈을 벌면 마음이 열립니다. 경제적으로 풍족해지면 그만큼 과감해지는 것이지요. 그 반대가 되면 마음이 닫힙니다. 선하게 돈이 돌면 모두에게 좋지만 부정적으로 도는 돈은 사회에 해악을 끼칩니다.

healing point

사고를 치더라도 책임질 수 있어야 합니다. 그런데 사고를 친 남편은 이렇게 말합니다.
"책임질 수 있었으면 사고가 아니었겠죠."
그래서 아내의 말을 들으라는 것입니다. 아내의 말을 들으면 사고를 덜 치게 됩니다. 부부 사이에는 무슨 일을 저지르기 전에 반드시 상의를 해야 합니다.

남자와 여자의 너무 다른 대화법

저 같은 목사들이 모르는 한 가지가 있습니다. 그들이 그냥 말하는 것도 일반 사람들에게는 설교처럼 들린다는 것입니다. 문제는 사람들이 설교를 안 좋아한다는 거예요. 교회에서 설교를 하면 하나로도 놓칠세라 귀담아 듣지만 평상시에도 그렇게 말하면 "너 나한테 설교하냐?"며 짜증을 냅니다. 자기한테 잔소리하지 말라는 뜻입니다.

아내들이 남편과 대화를 할 때, 보통은 잔소리를 하는 것처럼 말합니다. 상의해야 할 이야기조차도 잔소리처럼 하니까 그 이야기마저 남편들은 듣기 싫은 거지요. 잔소리를 할 때는 하더라도 "여보, 이제부터는 상의해야 할 이야기야"라고 구별을 해 주어야 합니다. 그러지 않고 늘 똑같은 패턴으로 이야기하니까 아내가 무슨 이야기만 하면 남편은 손을 휘저으며 "알았어. 당신이 알아서 해"라고 해 버립니다. 잔소리가 싫어서 일단 피하고 보는 거지요. 그러면 아내는 '내 남편은 대화를 회피하는 사람'이라고 단정을 짓습니다.

아내가 잔소리하는 이유는 대개 남편이 답답하기 때문입니다. 남자들은 보통 자신이 알고 있는 지식에 대해 과신하는 편입니다. 모르는 것도 안다고 생각하죠. 병원이나 약국에 가면 증상을 설명한 후에 의사나 약사 등의 전문가에게 처방을 받는 것이 맞습니다. 그런데 "내 몸은 내가 알아요!"라고 말하면서 대뜸 "주사 놔 주세요" "이 약 주세요"라고 합니다.

증상을 말한 뒤 의사나 약사가 처방하는 것이 올바른 순서이지만, 많은 경우 그냥 환자가 해 달라는 대로 해 줍니다. 하지만 성깔 있는 의사를 만날 경우에는 다르지요.

"당신이 의사요? 환자는 증세만 말하세요. 처방은 제가 합니다."

남편들은 "세상에 우리 엄마 같은 시어머니가 어디 있어?"라는 말을 자주 합니다. 아내가 객관적으로 봤을 때는 시골에서 초등학교밖에 나오지 못한 평범한 아주머니지만 남편은 그렇게 생각하지 않습니다. 그 이유는 딱 한 가지입니다. "너는 장동건보다 100배는 잘생겼어"라고 말해 주는 유일한 사람이거든요.

남자와 여자의 대화법은 달라도 너무 다릅니다. 여자가 하는 말이

초록여름밤의 대화_ 35×26 종이에 먹,수채,콘테

조금만 더 일목요연하면 5만 단어도 1만 단어로 줄일 수 있습니다. 남자들 입장에서는 불필요한 말투성이입니다. 그걸 남편들이 끝까지 잘 들으려면 그야말로 인내가 필요합니다.

아내는 남편이 자신의 이야기를 그저 잘 들어 주기를 바라지만 남편들은 결론만 얘기해 주기를 원합니다. 해결할 수 없는 문제를 얘기해 봐야 짜증만 납니다. 이때 아내들은 짜증 내는 남편을 이해하지 못합니다. 해결할 수 없는 것을 푸념으로 들어 넘기기에는 남자의 뇌 구조상 불가능합니다.

아내를 답답하게 하는 남편의 행동이 있습니다. 집안 형편도 모르고 돈으로 자존심을 세웠을 때라든지, 미리 말 안 하고 일 터지고 나서야 말할 때, 그리고 뭘 시켜도 몸은 꿈쩍 안 하고 입만 움직일 때 등입니다. 반대로 남편을 답답하게 하는 아내의 행동도 있습니다. 냉장고를 열었는데 상한 음식이 가득할 때, 쓸데없는 데 돈 쓰면서 항상 돈 없다고 할 때, 알지도 못하는 사람들 욕을 막 할 때 등입니다.

부부가 싸워서 한 달 동안 말을 안 한 적이 있습니까? 저도 예전에는 아내와 싸우면 삐쳐서 별로 말을 하지 않았습니다. 그런데 지금은 거의 먼저 아내에게 말을 겁니다. 살면서 아주 중요한 것을 하나 터득했거든요.

예전에 말을 안 하면 저는 편했어요. 하지만 제가 편한 만큼 아내는 힘들어했습니다. 그 힘듦이 느껴지면서 제가 먼저 말을 걸기 시작했습니다. 기분 좋은 사람 수십 명이 달려든다고 하면 저는 똑같은 이야기를 몇 번이고 할 수 있습니다. 화난 사람 단 한 명과 이야기하는 것이 제가 제일 어려워하는 것 중 하나입니다.

healing point

대개 자식과는 20~30년의 나이 차가 있습니다. 그런데 사실 자식보다 나은 부모는 그다지 많지 않습니다.
어느 날 아내와 말다툼을 하게 되었습니다. 옆에서 그걸 보던 아들 녀석이 "나가서 싸우시는 게 좋겠습니다. 자녀 교육상 별로 좋지 않습니다"라고 말하더군요. 겁이 번쩍 났습니다.
어떤 부모라도 자녀에게는 부끄러운 모습을 보이고 싶지 않을 겁니다. 싸움이 일어나면 자녀를 한번 바라봅시다.

결혼하면서 아내가 버린 것들

적지 않은 사람들이 결혼 때문에 자신이 가진 많은 것들을 포기했다고 말합니다. 이건 사실일 수도 있고 아닐 수도 있지만, 한 가지 분명한 것은 방향을 잘못 잡았다는 것입니다. 사람들이 전부 누워 있으면 방향을 모릅니다. 누군가 서 있는 사람이 있어야 올바른 방향으로 이끌어 주지요.

'가치'라는 것은 어디에서 오느냐가 중요합니다. 사랑하면 가치가 생깁니다. 다이아몬드가 아무리 비싸더라도 그것을 사랑하지 않는 사람에게는 그냥 돌일 뿐입니다. 개도 마찬가지입니다. 사랑하는 사람에게는 자신이 키우는 개가 가족이지만 싫어하는 사람에게는 귀찮은 녀석, 심지어는 보신탕에 불과합니다.

똑같은 물건을 두고도 나의 마음에 따라 가치는 달라집니다. 사랑하면 귀해지고 미워하면 귀찮아지는 것이지요. 자식은 나에게 힘을 주고 기를 불어넣어 주지만 남편은 골다공증을 가져다줬다고 말하는 아내가 있다면, 그 말은 곧 남편보다 자식을 더 사랑한다는 뜻입니다. 자식이 자신에게 힘을 준다는 말은 맞지만 골다공증 또한 자식이 준 것입니다. 자식을 사랑하니까 그것이 안 보이는 것뿐이지요. 그러므로 더 사랑하는 사람을 자식에서 남편으로 바꾸어 보세요. 그리고 남편에 대한 나의 사랑이 식은 건 아닌지 생각해 보세요.

남자는 사랑하는 여자를 위해서라면 가다가 떨어질망정 하늘의 달도 따러 갑니다. 그런데 그 마음을 오래 지속하지는 못합니다. 자신을 좋아했던 남자와 결혼했더라도 잘 살 확률은 그리 높지 못합니다. 도끼로 자신의 발을 찍는 것과 마찬가지 결과가 나오기 쉽습니다. 하지만 남편 역시 도끼로 발을 찍었습니다. 그러니 지금의 남편이 최고의 신랑감이라고 생각하고 살기 바랍니다. 이걸 깨닫게 되면 결혼생활이 나의 일방적인 희생이 아님을 알게 될 것입니다.

여자는 남자를 위해 희생합니다. 이 말은 분명 옳습니다. 그리고 남자는 여자를 위해 죽습니다. 이것이 가장 이상적인 부부입니다. 그런데 현실에서 이것이 잘 안 되는 게 문제입니다. 한번 생각해 보십시오. 완벽한 남녀가 만나서 결혼을 하는 게 아닙니다. 1등 남자가 1등 여자와 결혼하는 게 아니란 말입니다. 사랑을 하면 눈이 멉니다. 그래서 1등 남자가 꼴등 여자와, 꼴등 남자가 1등 여자와 결혼하는 것입니다. 그리고 그들이 서로 맞춰 가며 살아가는 게 세상의 조화입니다. 사랑이 있기에 그들이 세상에서 조화를 이룹니다. 그것이 사랑이고 그것이 희생입니다.

제 지인 중에 공무원의 아내가 있습니다. 남편과의 사이에 아들만 둘 낳았는데, 당시 공무원 월급이 많지 않았던 시절이라 아내는 식사할 때마다 달걀 프라이를 3개만 했답니다. 아내는 그걸 신랑하고 자식들에게만 먹였습니다. 자기가 안 먹으면 사흘에 한 번씩 더 먹일 수 있어서 그랬답니다. 자기가 먹을 걸 아껴서 남편과 자식에게 준 거지요. 수십 년 동안 그렇게 했습니다. 그리고 나중에 경제적 상황이 좋아져서 자신도 먹기 위해 달걀 프라이를 4개씩 했답니다. 그 모습을 본 아들이 뭐라고 했을까요? 엄마는 이런 말을 기대했을 것입니다.

"엄마, 그동안 우리 때문에 달걀 프라이도 제대로 못 먹고 미안해요. 이제부턴 제가 잘해 드릴게요."

이 한마디면 엄마의 모든 고생과 수고로움이 풀렸을 것입니다. 그런데 아들의 말은 "엄마도 달걀 프라이 먹을 줄 알아?"였답니다. 눈물만 나더랍니다.

"야 이 썩을 놈아, 그걸 말이라고 하냐? 내가 니들 먹이느라고 20

칵테일 우산쓰고 총총_ 35×26 혼합기법

년 동안 먹고 싶어도 참았는데……."

그게 자식이고 남자입니다. 남자들은 말하지 않으면 모릅니다. 진짜 모릅니다. 그러니 뭔가가 있으면 "같이 먹어요"라고 말해야 합니다.

아내의 희생이 원망이 되지 않으려면 남편이 꼭 알아야 할 것이 있습니다. 그건 아내의 희생을 알아주는 것입니다. 그걸 알아주면 부부 사이에 아무런 문제가 안 생깁니다. 몰라주기 때문에 아내가 억울해하는 것입니다. 그래서 "내가 억울한 희생을 했구나!" 하고 분노하는 거지요.

제일 중요한 것은 남편의 마음과 태도입니다. 아내는 배신감을 느껴서 희생이 억울하다고 생각하는 거지, 그것이 언젠가 자신에게 되돌아올 투자였다고 느낄 수만 있다면 괜찮은 겁니다.

healing point

수증기를 올려 보냈다고 땅의 할 일이 끝난 것이 아닙니다. 마른 땅에 적절히 비를 내려 주면 얼마나 좋겠어요? 그러니까 남편들은 수고해 놓고 엉뚱한 곳에 비를 뿌리지 말아야 합니다.

결혼기념일이나 아내 생일에 액세서리 같은 조그만 것을 선물해 보세요. 아내가 정말 좋아합니다. 다 잘해 놓고 엉뚱한 곳에 비를 뿌려서 수난을 당한다면 남편 입장에서도 억울하지 않나요?

훌륭한 남편을 만드는 아내의 역할

남편들을 위해서 아내가 할 일은 무엇입니까? 존경스럽지 않은 남편과는 하루라도 빨리 헤어져야 합니까? 안 됩니다. 그러면 여자가 남자보다 더 나은 것이 없습니다. 잘못된 것을 바로잡는 것이 진정한 능력입니다. 가정에서 남편이 잘돼야 아내도 잘되고, 아버지가 잘돼야 온 가족이 잘되는 것입니다. 그러기 위해서는 아내의 역할이 중요합니다.

"여보, 힘내세요"라고 격려하는 아내가 되세요. 오늘날이야말로 얼마나 격려가 필요한 시대인지 모릅니다. 남자들은 똑똑하고 합리적이고 지성적인 여자보다, 포근하고 넉넉하며 너그러운 아내를 기대한다는 사실을 잊지 마십시오. 똑소리 나게 머리가 좋고 합리적인 말을 해서 당할 재간이 없는 것보다, 좀 어수룩한 것 같아도 포근하고 여유가 있고 다독거려 줄 줄 아는 여자를 더 좋아합니다.

잘못한 것을 잘못했다는 지적은 누구나 할 수 있습니다. 사랑으로 감싸면서 격려해 주는 아내, 그런 아내가 필요하고 그런 아내가 되어야 합니다. 남편은 아내의 격려로 살아갑니다. 남편의 앞길을 막지 마십시오. 삶이 좌충우돌하고 기력이 다해 어디로 가야 할지 모른 채 무거운 짐을 홀로 지고 견디다 못해 쓰러지는 우리 남편들을 아내들이 격려해 주시기 바랍니다.

지는 것이 이기는 것입니다. 남편을 무능하게 만들지 마십시오. 물도 너무 맑으면 물고기가 살지 못합니다. 그러므로 남편이 조금 부족하더라도 할 수 있다는 자신감을 가지고 살아갈 수 있게 아내들이 밀어주십시오.

제 아내가 제게 보냈던 편지를 소개합니다.

여보, 당신과 결혼해서 살아온 세월이 벌써 이렇게 많이 흘렀군요. 그토록 건강하고 청년 같기만 하던 당신도 이제는 눈가에 주름살이 깊어지고, 머리는 많이 빠져 아저씨 모습이 완연하네요. 희끗희끗 보이는 머리털은 당신의 나이와 지나간 세월을 보여 주고 있네요. 그동안 당신이 힘든 줄도 모르고 내가 힘든 것만 생각해서 미안해요. 남과의 비교의식 속에서 자존심을 세우고 세상의 욕망과 허영심을 채우느라 당신을 너무 몰아세운 것 용서하세요. 지나고 보니 다 부질없는 것이고, 깨닫고 보니 다 소용없는 일이네요.

여보, 힘내세요. 세상은 변하고 세월은 바뀌어도 당신을 향한 나의 사랑은 변하지 않아요. 세상은 간 큰 남자 시리즈가 나와 남자들의 마음을 서늘하게 한다고 해도 나만큼은 당신의 현숙한 아내, 당신이 인정하는 아내로서의 위치를 굳게 지키고 살아가겠어요.

여보, 용기 내세요. 당신의 축 처진 어깨를 볼 때마다 우리 가족의 삶이 송두리째 처져요. 우리 다시 일어나요. 나이는 먹었지만 신혼 같은 기분으로 다시 시작해요.

세상은 만만치 않습니다. 세상은 호락호락하지 않습니다. 온 가족이 정신을 차리지 않으면 이 세상을 이길 수가 없습니다. 그런데 남편들이, 아버지들이 지쳤습니다. 가정에서, 사회에서, 직장에서 지쳤습니다. 이럴 때 필요한 것은 아내의 격려와 위로입니다. 아내의 따뜻한 격려와 위로는 남편들에게 큰 힘이 됩니다.

○

healing point

'어 다르고, 아 다르다'는 속담이 있습니다. 참 좋은 표현이에요. '가는 말이 고와야 오는 말도 곱다.' '말 한마디가 천 냥 빚을 갚는다'. '말이 씨가 된다.' 이것도 모두 좋은 말입니다.
말을 하는 순간 그 사람이 가슴에 품고 있던 모든 것이 드러납니다. 말은 사람의 마음과 생각의 연속선상에 놓여 있기 때문입니다. 사람의 마음과 생각이 좋으면 거기에서 좋은 말이 나오고, 사람의 마음과 생각이 나쁘면 거기에서 형편없는 말과 행동이 나옵니다.
배우자에게 좋은 말로 격려와 위로를 전하세요.

하나가 된다는 것

사람은 함께 있어야 합니다. 외로움을 즐기거나, 고독을 씹지 마세요. 사람은 사람과의 관계 속에서 사는 것이 좋습니다. 왜냐하면 인간은 사회적 동물이기 때문입니다. 고독을 씹는다는 말은 그 속에 미움이 가득 찼다는 말입니다.

사랑이 가득 찬 사람은 고독을 싫어합니다. 누군가 사랑을 주고받을 사람을 찾습니다. 하지만 미움이 꽉 차면 사람들이 다 보기 싫어집니다. 그래서 산속으로 들어가서 혼자 사는 것입니다. 하지만 마음속에 사랑이 있으면 사랑받을 사람, 사랑할 사람을 찾아 도시로 내려옵니다.

결혼의 신비가 있습니다. 결혼은 부모로부터의 독립입니다. 의지의 독립, 재정의 독립, 삶의 독립 등 모든 것을 포함한 독립입니다.

결혼한 후에 아내와 어머니를 비교하지 마십시오. 아내가 준비한 음식을 앞에 두고 “어머니가 만든 음식은 이 맛이 아니었다”는 말은 하지 마십시오. 그러면 어머니와 살지 왜 결혼을 합니까?

결혼은 부모로부터 떠나는 것입니다. 또한 부모는 자녀들이 결혼하면 보내 주어야 합니다. 결혼은 부부가 둘이서 책임지고 살아가는 것입니다.

결혼을 하면 남자와 여자 둘이 한 몸을 이루어야 합니다. 그런데 이것이 쉽지가 않습니다. 저는 지금까지 결혼식 주례를 굉장히 많이 섰습니다. 한 몸은 같이 즐거워하고, 같이 괴로워하는 것입니다. 아내가 아파서 신음소리를 내는데 남편이 옆에서 코를 골고 자면 한 몸이 아닙니다. 남편이 회사 일 때문에 괴로워하는데 아내가 혼자서 놀러 다니면 한 몸이 아닙니다. 한 몸은 같이 느끼는 것입니다.

한 몸이 되는 방법이 하나 있습니다. 나무와 나무는 아교로 붙이지만 사람과 사람은 사랑으로 붙입니다. 한 몸을 이루는 유일한 매개체는 사랑입니다. 사랑하면 감정이 전이됩니다. 그대가 기쁘면 나도 기쁘고, 그대가 슬프면 나도 슬프고, 그대가 즐거우면 나도 즐거운 것입니다.

얼마 전, 집회 때문에 집을 나서려고 하는데 갑자기 ‘내가 집회를 나가면 아내가 사흘 내내 혼자 있겠구나'라는 생각에 마음이 짠했습니다. 그래서 메모지에 몇 자 적었습니다.

여보, 나 집회를 하러 가는데 당신이 학교에 가고 없구려. 끝나고 집에 오면 당신이 꼭 이 자리에 앉아서 책을 볼 것 같아 몇 자 적어 놓고 가오. 당신은 집에서 나는 집회 장소에서 몸은 떨어져 있어도 마음은 하나가 됩시다.

저는 죽었다 깨어나도 그런 글을 쓸 수 있는 사람이 아닙니다. 하지만 하나가 되면 서로의 마음이 읽혀집니다. 아픔과 외로움이 보입니다. 또한 두려움과 괴로움도 알게 됩니다. 사랑을 하면 감정이 전이되는 것입니다.

2012년 통계에 따르면, 우리나라 사람의 평균 수명이 남자는 78세, 여자는 84세라고 합니다. 여자가 남자보다 6년을 더 삽니다.

남자는 배우자가 있는 경우엔 82세를 삽니다. 독신으로 사는 경우에는 72세, 이혼한 경우엔 70세, 사별한 경우엔 65세를 삽니다. 사별하면 빨리 죽는다는 사실을 알 수 있습니다. 사랑하는 사람을 잃은 충격으로 오래 살지 못하는 것입니다.

여자도 배우자가 있는 경우엔 86세를 삽니다. 독신으로 사는 경우에는 78세, 이혼한 경우엔 80세, 사별한 경우엔 62세를 삽니다. 결론적으로 배우자가 있어야 오래 사는 것입니다.

부부가 같이 살면 서로 식사도 챙기게 되어 좋습니다. 아내는 남편의 식사를 차려 주는 것이 귀찮지만, 사실은 그 덕분에 자신도 식사를 거르지 않는 것입니다. 그렇게 서로 사랑하고 의지하면서 사는 것입니다.

생쥐를 가지고 실험을 했는데, 자동적으로 기계에서 먹이가 떨어져서 먹는 쥐보다 사람이 손으로 쓰다듬어 주면서 먹이를 주는 쥐의 수명이 훨씬 더 길었다고 합니다. 나이가 들면 사랑으로 서로 등을 긁어 주며 사는 것입니다.

healing point

결혼에는 원칙이 없습니다. 자기의 상황에 맞추어 일찍 결혼하는 것이 좋거든 일찍 하고, 늦게 하는 것이 좋거든 늦게 하세요. 연하의 배우자가 좋거든 연하의 배우자와 하고, 연상의 배우자가 좋거든 연상의 배우자와 하세요. 획일화시키려 하지 마세요.

부자 타령

"여보, 우리 언제 부자 돼?"라고 묻는 아내들이 있습니다. 현재 30평대 아파트에 사는 부부가 "여보, 우린 언제 60평 아파트로 이사가?"라고 말하는 것도 이 말과 같습니다.

위를 보면서 꿈꾸는 건 좋습니다. 하지만 높은 꿈을 꾸되 현실 또한 내려다볼 수 있어야 합니다. 위만 바라보지 말고 아래도 내려다보고 있으면 행복감이 찾아오니까요. 60평도 보고 13평도 보면 30평이 적당하다고 느낄 텐데, 계속 60평만 쳐다보고 있으면 "여보, 우리 언제 부자 돼?"라는 말을 반복할 수밖에 없습니다.

올라가면 갈수록 확대되는 것이 꿈의 속성입니다. 끝이 없는 욕심이지요. 그래서 막상 60평 아파트로 옮기면, 이때부터는 단독주택에 욕심을 부리게 됩니다. 살면서 가끔은 아래를 살피는 것도 중요합니다.

우리집_ 20×29.2 종이에 수채, 콘테

부자가 행복하면 1등입니다. 가난해도 행복하면 2등입니다. 부자가 불행하면 3등이고, 가난하면서 불행하면 꼴찌입니다. 그런데 사람들은 부자가 행복하게 사는 모습보다는 불행하게 사는 모습을 보고 위안을 삼는 묘한 심리가 있습니다. 안타까운 현상이 아닐 수 없습니다. 행복한 부자를 보고 방향을 잡아야 합니다.

성경에 보면 '부자가 천국에 들어가는 것이 낙타가 바늘구멍에 들어가는 것보다 어렵다'는 구절이 있습니다. 이 구절을 보고 사람들은 '부자가 되면 나중에 힘들겠구나!'라고 생각합니다. 그런데 다시 한 번 생각해 보세요. 부자가 천국에 들어가기 어렵다고 해서 가난한 사람이 쉽게 들어갈 수 있다는 말은 아닙니다. 부자가 천국에 못 간다는 이야기를 함부로 해서도 안 되고, 이 비유를 거기에 갖다 붙여서도 안 됩니다.

편협한 개인적 경험이나 이야기를 보편화시켜서는 안 됩니다. 부자가 행복하면 1등인 게 당연한 말입니다. 가난하지만 그래도 행복한 건 2등이에요. 머리가 좋은 사람이 노력하면 1등이지, 머리가 둔한 사람이 공부하면 2등밖에 하지 못해요. 당연한 세상의 이치를 인정하는 것이 중요합니다. 뭐니 뭐니 해도 1등이 제일 좋은 것입니다. 가끔 "나는 2등이 좋다"라고 말하는 사람이 있기는 합니다. 그러나 차선은 최선이 없을 때 최선인 것이지, 최선이 있으면 차선은 차선인 거예요.

사업가와 회사원 모두 장단점이 있습니다. 서로의 현실에 대해 부러워하는 사람이 많은데, 그럴 필요가 전혀 없어요. 기질 차이일 뿐이니까요.

어린 시절에 하던 놀이 중에 '땅 따먹기'가 있습니다. 이 놀이에서도 기질 차이가 드러납니다. 일반적으로 여자아이들은 안전하게 조금씩 자신의 땅을 늘려갑니다. 반면에 남자아이들은 무계획적이고 충동적으로 일단 멀리까지 자신의 돌을 튕겨 버립니다. 들어오면 내 땅이 되는 거고, 못 들어오면 모든 땅을 잃어버리는 거지요. 이게 남녀의 기질 차이인 거 같습니다. 물론 남자들 중에도 조심성이 있는 사람이 있습니다. 그러면 옆에서 한마디를 하죠.

"이 자식은 남자가 돼서 쩨쩨하게 뭐하는 거야?"

섬세한 남자는 이렇게 욕먹기 일쑤입니다.

아내들이 원하는 부자 남편감으로 개그맨 유재석 씨를 많이 꼽습니다. 그런데 여자들의 생각이 짧아요. 유재석 씨가 오랜 무명 생활의 서러움을 겪어야 했던 건 안중에도 없는 거지요. 성공한 뒤에 그 남자를 갖고 싶어 하니 자신의 차지가 되지 않는 거예요. 여자들의 이상형은 성공한 유재석 씨의 현재 모습일 뿐이에요.

내 집을 마련하는 게 좋으세요, 아니면 전월세로 사는 게 좋으세요? 예전에는 내 집 마련이 좋은 재테크 수단이었습니다. 지금 전세

가격이 자꾸 오르는 이유는 집 가격이 오르지 않기 때문이에요. 집을 사지는 않고, 월세에도 들어가려고 하지 않으니 전세 가격이 오를 수밖에요.

전세와 월세의 비용 차이는 두 배입니다. 전세는 은행 이자라면, 사글세는 사채 이자예요. 전세 3억 원의 빚이 있는 사람은 1억 5,000만 원 사글세의 빚이 있는 사람과 똑같은 것입니다.

요즘 제일 좋은 것은 집을 사서 월세를 놓는 것입니다. 예전에는 집값이 계속해서 오르니까 집을 사도 됐고, 전세 가격이 쌌으니 전세를 살아도 됐지만, 지금은 집값이 안 오르고 은행 금리도 낮으니까 월세를 놓는 게 제일 좋습니다. 세상은 변해 가기 때문에 시대에 따라 내 집 마련에 대한 기준도 바뀌어야 합니다. 예전에는 당연히 내 집이 있어야 했습니다. 하지만 지금은 그렇게 생각하지 않는 사람도 많지요.

이성과 감정이 부딪혔을 때, 감정에 아무리 끌리더라도 이성을 선택하는 것이 옳은 일입니다. 돈은 없지만 바람을 피우지 않는 남편이 이성이자 윤리적인 것이고, 돈은 많지만 바람피우는 남편이 감정이자 현실적인 것입니다. 현실과는 별개로 기본 윤리는 지켰으면 하는 것이 제 바람입니다.

healing point

우리나라 직장인 100명 중 1명이 억대 연봉자라고 합니다. 월급이 1,000만 원이 넘는다는 말입니다. 많은 사람들에게 부러움의 대상이 됩니다.
그런데 이들의 가정환경을 조사해 보니 재미있는 공통점을 발견할 수가 있었습니다. 행복한 가정을 이루고 있다는 점이었습니다. 이건 무엇을 뜻하는 것일까요? 억대 연봉자들이 성공한 것은 단지 업무능력이 뛰어나서만은 아니었다는 사실입니다. 행복한 가정이 밑바탕 되었을 때, 비로소 성공도 가능하다는 증거입니다.

사랑의 목소리로,
사랑의 눈으로

1997년 중반, 세계를 떠들썩하게 한 두 여인이 죽었습니다. 한 명은 마더 테레사 수녀이고, 다른 한 명은 다이애나 비입니다. 테레사 수녀는 어렵고 가난한 자를 위해서 평생을 헌신하다가 86세로 임종을 맞이했습니다.

이와는 반대로 다이애나 비는 화려한 축복 속에 결혼했지만 남편인 찰스 황태자가 외도를 하자 말 조련사, 럭비 선수, 축구 선수 등 많은 남자를 찾아 맞바람을 피웠습니다. 그러다가 결국은 거부인 새 애인 도디 앨 파예드와 밀애를 나누던 중 집요한 파파라치의 추격을 따돌리려다가 36세의 젊은 나이에 교통사고로 세상을 떠났습니다.

이들을 보면서 제가 느낀 것은 인생이 짧다는 것입니다. 사실 36세의 인생도 짧지만 86세의 인생도 긴 것은 아닙니다. 한순간인 것입니다.

이 짧은 인생을 사람들은 헛되게 소비합니다. 가장 행복해야 할 가정에서조차 괴로운 신음을 내뱉습니다. 남편은 아내에게, 아내는 남편에게 원인을 돌리며 화해의 몸짓은 하지도 않습니다. 가장인 남편이 먼저 화해를 청하면 좋을 텐데, 안 그러는 경우도 부지기수로 많습니다.

사실 모든 남자는 자기밖에 모릅니다. 그래서 남편들은 자기 배가 부르면 그냥 자자고 할 뿐 아내가 저녁을 먹었는지는 잘 물어보지도 않습니다. "난 저녁 먹었는데, 당신 먹었어? 내가 먹을 것 좀 사 왔어"라고 말하는 사람이 있다면 참으로 훌륭한 남편입니다.

미처 저녁을 못 먹어서 배가 고픈 아내가 뭐라도 먹고 잘까 하고 뒤척여도 잘 모를 정도로 무신경합니다. "뭐하고 있어? 일찍 자자니까" 하고 아내를 옆에다 눕혀 놓고는 "왜 안 자? 고민 있어?"라고 말하는 게 대한민국 남편들입니다.

하지만 아내는 다릅니다. 남편 걱정을 합니다. 언제나 "저녁 어떻게 했어요?" 하고 물어봅니다. 남편은 피곤하고 귀찮은 생각에 "괜찮아, 오늘 점심을 잘 먹어서 든든하네. 그냥 자도 되겠어"라고 말해 버립니다. 이 말을 들은 아내는 그래도 남편이 혹시 배고플까 봐 뭐라도 챙겨 주려고 합니다. 그게 아내의 마음입니다.

왜 남편은 안 하는데 아내는 하는 걸까요? 이유는 단 하나입니다. 아내가 성숙하기 때문입니다. 그런 성숙한 아내가 흔들리면 가정이

위험합니다. 가정이 흔들리면 또 사회가 무너지는 것입니다. 저는 그런 아내들이 훌륭한 김에 조금만 더 훌륭하면 좋겠습니다.

이를테면 신랑을 부를 때 짜증 섞인 목소리로 부르지 않았으면 합니다. 말하는 사람의 감정은 정말 중요합니다. 밥을 먹다가 사랑이 가득한 목소리로 "여보"라고 부르면, 다음 말은 안 해도 무슨 내용인지 알아듣습니다. 그런데 짜증이 섞인 목소리로 "여보"라고 부르면 '왜 또 지겹게 부르고 그래?'라고 생각할 수도 있습니다.

처음의 "여보!"는 남편을 행복하게 만듭니다. 반면에 두 번째의 "여보!"는 말하는 순간 이미 상대방의 심경을 건드려 놓습니다.

이런 스트레스가 사람의 몸속에 계속 누적되다 보면 기쁨의 문이 닫혀 버립니다. 웃을 상황에서도 웃음이 안 나오고, 기뻐할 상황에서도 기쁨이 없어집니다. 안 좋은 것만 계속 느껴지고, 웃을 일이 사라지는 것입니다. 모든 사람이 깔깔거리며 웃는데, 혼자만 '뭐가 좋다고 또 웃는 거야?' 하게 됩니다.

생활 속에서 조금만 웃을 일이 있어도 활짝 웃는 사람이 되었으면 합니다. 무조건 웃으세요. 웃을 일이 없으면 그냥이라도 웃으세요. 그렇게 해서 웃음의 실력을 늘리세요. 웃음의 실력을 늘려서 아무것도 아닌 것에 행복해하고, 아무것도 아닌 것에 즐거워하고, 아무것도 아닌 것에 감사하세요. 하다 보면 감사도 늘고, 사랑도 늘고, 웃음도 늘어납니다.

눈을 감고 생각해 보세요. 과연 우리 부부는 행복한가? 행복한데 행복한 줄을 모르는 것은 아닌가?

혹시 마음속으로 오늘내일 헤어질 생각 속에서 살아온 부부는 없습니까? 정말 사랑해야 할 남편, 정말 사랑해야 할 아내를 사랑하지 못한 채 마음뿐인 삶을 살아오지는 않았습니까? 한 번도 이혼을 생각하지 않은 부부는 없습니다. 하지만 이제부터는 정말 아름다운 부부, 행복한 부부, 정말 살맛 나는 부부가 되기를 바랍니다. 그러기 위해서는 부부가 서로 사랑의 눈으로 바라보아야 합니다. 정말 잘 만났다고 서로 고백하면서 노력하는 것이 필요합니다.

인생이라는 것이 별것 아닙니다. 어려움도, 고난도, 역경도, 서러움도 많겠지만 참고 잘 견디세요. 여자가 웃으면 가정이 웃지만 여자가 울면 가정도 웁니다. 가정의 꽃은 여자입니다. 그 꽃이 시들어 버리면 오아시스 없는 사막이 됩니다. 아내의 웃음과 기쁨이 가정을 행복하게 만듭니다.

○
healing point

남편들 중에는 밤늦게까지 술 마시고는 집에 들어와서 기분 좋다고 아내에게 뽀뽀하는 사람이 있습니다. 이런다고 좋아하는 여자는 없습니다. 이것은 여자를 몰라도 너무 몰라서 하는 행동입니다.
여자 또한 남자를 너무 모릅니다. 남자가 제일 싫어하는 건 자기를 귀찮게 하는 겁니다. 왜냐하면 남자들은 그만큼 사회에서 지쳐 있기 때문입니다. 조용한 휴식이 필요하지, 나머지는 다 귀찮은 겁니다.
남자와 여자는 본질적으로 코드가 맞지 않습니다. 이 사실을 알고 서로를 배려해야 합니다.

건강한 질투

연애 시절이었습니다. 지금의 아내인 당시 여자 친구와 사람들을 만나는 일이 있었습니다. 그런데 유독 한 사람에게만 여자 친구가 과도하게 친절을 베풀었습니다. 그렇게까지 친절하지 않아도 되는데 말이에요.

당시 저는 전혀 인식하지 못했는데, 여자 친구는 여자의 촉으로 자신을 대하는 제 태도가 달라진 것을 느꼈답니다. 제가 자신도 모르게 여자 친구에게 섭섭했던 것 같습니다. 그때 여자 친구는 '내 남자 친구도 질투심이 있구나!'라는 것을 깨달았습니다. 그 뒤로는 오해받을 일을 전혀 하지 않았습니다.

교회에 새로운 신자가 등록을 하면, 저는 목사로서 당연히 그 집에 심방을 갑니다. 아무런 문제가 없어요. 그런데 별일도 없이 계속 그 집에만 심방을 간다면 그 자체가 아내에게는 짜증나는 일입니다. 아내는 당연히 화를 냅니다.

그럴 때는 무조건 아내 말을 들어야 합니다. "당신, 그 집에만 너무 많이 가는 것 같아"라고 아내가 말하면 "그래, 알았어. 조심할게"라고 대답해야 옳은 것입니다. "아무런 일도 없었다니까. 내가 손을 잡았어, 뭘 어쨌어?"라고 오히려 짜증스럽게 대답한다면 문제를 키우는 꼴밖에 안 됩니다. 진짜 아무 일도 없었는데 왜 문제가 될까요? 그 일로 인해 상처받는 아내가 존재하기 때문이에요.

살아보면 남편이나 아내의 질투 지수를 가늠할 수 있습니다. "바람을 피워도 안 들키기만 하면 돼"라고 말하는 배우자가 있다면 상대적으로 질투 지수가 낮은 것입니다. 반면에 "도대체 시선을 왜 그쪽으로 돌리는 거야"라고 지나가는 예쁜 여자에게 고개만 돌려도 뭐라고 하는 배우자의 질투 지수는 상당히 높습니다. 그 질투 수준에 맞춰서 생활하면 부부 사이에는 아무런 문제가 생기질 않습니다.

흔히 질투는 여자들의 전유물로 생각하는 경향이 있습니다. 하지만 밖으로 표현을 안 해서 그렇지 남자들의 질투 또한 만만치 않습니다. 여자들처럼 표현하는 질투는 건강합니다. 반면에 남자들처럼 표현하지 않는 질투는 무섭습니다. 그럼 질투가 없으면 좋은 걸까요?

"나는 아내(남편)가 누구를 만나도 괜찮아요."

이 말은 마음이 넓어서 나오는 게 아닙니다. 상대방에 대해 이미 포기했다는 뜻입니다. 부부 사이에 건강한 질투는 괜찮습니다. 사랑하면서 질투하는 건 상대방에게도 자극이 되니까요. 하지만 사랑도 하지 않으면서 질투하는 건 스스로를 망치는 겁니다. 자신을 열등감 속으로 밀어 넣으니까요.

healing point

"거울아, 거울아 이 세상에서 누가 제일 예쁘니?"
그걸 뭐하려고 물어보나요? 다 알다시피 백설 공주가 가장 예뻐요. 그렇지만 백설 공주가 아무리 예뻐도 더 예쁜 사람은 항상 있게 마련이에요. 또한 자신이 아무리 못났어도 더 못난 사람이 있게 마련이에요. 다들 그냥 사는 거지요.

밤 산책_ 35×25 종이에 수채,콘테 혼합기법

남편을 다루는 것은 아내

결혼 초, 제일 힘들었던 문제는 아내와 소통이 안 된다는 것이었습니다. 그러다가 나이가 드니까 소통이 되기 시작했습니다. 말이 통하기 시작한 것이었지요. 말이 통하면 그걸로 다 끝난 줄 알았습니다. 그런데 소통이 원활해지니까 어느 순간 부부의 마음이 통하기 시작하더군요. 그 순간, 허울뿐인 말보다 진심이 담긴 말이 중요하다는 것을 깨달았습니다.

저는 아내를 보면 아직도 설렙니다. 집에 아내가 없어서 설렌다면 도덕적으로 문제성이 다분한 것입니다. 그러나 진심이 통하는 사람과의 만남은 언제나 설렘을 동반합니다. 제 말을 들으면 어떤 사람들은 이렇게 말합니다.

"사람이 솔직해야지, 침이나 바르고 거짓말 해."

물론 과장이 전혀 없는 것은 아닙니다. 하지만 때로는 아내를 위해 선의의 거짓말을 하는 것도 필요합니다. 이것 역시 소통의 한 방법입니다. 부부 사이가 소통을 넘어 마음까지 전달된다면 단순히 설레는 것 이상의 배려와 기쁨을 느낄 수 있습니다. 통하는 관계란 심장이 떨린다는 신체적인 것 외에도 서로를 향한 진정한 사랑을 느낄 수 있는 관계를 말합니다.

남자들은 여자들이 생각하는 것처럼 나쁜 사람이 아닙니다. 설령 실수를 하고 잘못을 한다 하더라도, 그건 나빠서가 아니라 철이 없어서 그렇게 했을 뿐입니다. 남자의 사랑은 여자를 지켜 주고 싶은 마음뿐입니다. 그 여자의 종이 되고 싶어 해요. 하지만 문제는 남자의 그 마음이 오래가지 않을 뿐이지요.

이런 남자의 심리와 달리 여자는 남자가 늘 변함없기를 바랍니다. 아내는 '우리 남편은 내 보디가드가 되고 싶어 했었지'라며 남편의 진심을 기억하고 사는 것이 중요합니다. 그러지 않고 이런 결혼 초의 감정이 끝까지 유지되길 바라니까 변심한 것 같아 섭섭한 생각이 드는 것입니다. 하지만 남자들의 마음은 '내 것이 되었다'라고 생각될 때까지만 그것이 지속됩니다. 약도 그러하듯 사랑에도 유통기간이 있는 법이에요.

계속해서 남편이 보디가드의 역할만 하길 바란다면 가정은 누가 꾸릴 것인가요? 아내의 재력이 엄청나서 남편이 오직 아내만을 위할 수 있다면 가능할 텐데 그런 경우는 거의 없잖아요? 그러니 아내에게 사랑도 주고 돈도 벌고 애도 키우려면 보디가드만 해서는 살 수 없어요. 아내들은 왜 주어진 역할은 생각하지 않고 예전의 사랑에만 취해 살려고 하나요? 현명한 아내라면 남편을 지켜보고 구속하지 않으며 일에 몰두할 수 있게 챙겨 줘야 합니다.

가정에서 훌륭한 사람은 아내 한 명뿐이에요. 그래서 아내가 어떻게 하느냐에 따라 좋아질 수도 있고 나빠질 수도 있는 것이 가정입니다. 그런 의미에서 남편 탓을 하기 전에 아내이자 엄마로서 자신은 어땠는지 돌아볼 수 있기를 바랍니다. 자신을 돌아보고 조금 더 남편을 이해하면 어떨까 합니다. 결국 남편을 다루는 것은 아내의 힘이니까요.

healing point

사랑은 단순하지 않습니다. 둘이 좋아서 입을 맞추는 것만이 사랑이 아닙니다. 측은지심 또한 차원 높은 고도의 사랑이라 할 수 있습니다. 이혼할 수밖에 없는 상황에서 그것을 피하는 것 또한 사랑의 일부분이라 할 수 있습니다. 이게 다 사랑인 것입니다.

여자는 남자를, 남자는 여자를

여자는 매일 아프다고 해도 남자보다 보통 10년을 더 삽니다. 40대가 넘은 여자들은 그냥 벌떡 일어나는 경우가 별로 없습니다.

"아야야야, 아이고 다리야, 아이고 어깨야."

이렇게 매일 아프다고 해도 남자보다 10년을 더 삽니다. 여자가 남자보다 더 오래 사는 이유가 뭘까요? 일단 여자가 남자보다 재질이 좋습니다. 성경에 보면 남자는 흙으로 만들었는데, 여자는 뼈로 만들었기 때문에 재질이 좋습니다. 그러니 오래 살 수밖에요. 물론 농담입니다.

제가 생각하기에 진짜 이유는 여자가 남자보다 감정 표현을 잘하기 때문입니다. 감정 표현을 잘하는 것은 건강에 굉장히 좋습니다. 웃기면 함께 웃고 슬프면 함께 우십시오. 이렇게 감정이 동화된다는 것은 굉장히 좋은 것입니다. 남들이 울면 슬프지 않아도 그냥 우는 것이 가능해진다면 감정 전달이 같이 이루어져서 건강에 굉장히 좋습니다.

남자의 수명이 여자보다 짧은 이유 중 또 다른 한 가지는, 아주 중요한 때에 남자가 여자의 사랑을 받지 못해서 그렇습니다. 저는 학생 때 결혼을 했습니다. 그 당시 실습 전도사로 사역하면서 자정 이전에 집에 들어간 적이 거의 없었습니다. 교회 일을 열심히 하다 보면 새벽 1시, 어떨 때는 새벽 2시에 집에 들어갔습니다. 아내는 그때까지 안 자고 기다리고 있었습니다. 조금 미안하기도 했습니다.

"그냥 자지, 어차피 나 늦는 거 알면서. 어서 자."

아내가 걱정되었던 저는 일찍 자라고 다독거렸습니다. 그러면 아내는 이렇게 말했습니다.

"당신이 들어오기 전에는 안 잘 거예요. 2시가 넘어도 기다릴 거예요."

이 말은 남편이 늦게 들어오더라도 자신은 안 자고 있을 테니까 기억하고 빨리 들어오라는 것이었습니다. 무언의 협박이었습니다. 하지만 해야 할 일이 많았기에 좀처럼 일찍 들어가기는 쉽지 않았습니다.

그런데 아내가 임신을 하고 아기를 낳았습니다. 그랬더니 누가 업어 가도 모를 정도로 깊게 잠을 자기 시작했습니다. 문을 열어 주지 않아 담을 넘어서 들어간 적도 많습니다. 하루 종일 아기와 씨름하다 보니 피곤해서 방문을 열고 들어가도 세상모르고 자는 것입니다. 저는 그때 사랑이 남편에게서 자식에게로 넘어가고 있음을 깨달았습니다. 남편을 쳐다보고 웃는 시간보다 자식을 쳐다보고 웃는 시간이 더 많아지는 것입니다. 아기가 크면서 남편도 아내를 쳐다보고 웃는 시간보다 일에 파묻혀서 웃는 시간이 더 많아집니다.

결혼하기 전에는 서로 굉장히 사랑했습니다. 마음이 온통 아내에게 다 가 있었습니다. 그래서 이런 낯간지러운 편지를 보내기도 했습니다.

> 둥근 달을 바라보고 그 달 속에 새겨진 당신의 얼굴을 그리면서 오늘도 이 글을 적습니다. 떨어지는 낙엽을 붙들어 이 마음을 담아 흘러가는 저 물결이 당신을 향한다면 보내 드리오리다.

그렇게 사랑하던 남녀가 결혼하고 아기를 낳으면 남자는 일에 마음을 빼앗기고, 여자는 자식에게 마음을 빼앗깁니다. 사랑하는 마음은 사라진 채 껍데기의 만남으로 살아가는 것이 30대 후반, 40대 초반입니다.

사업이냐, 가정이냐? 일이냐, 아내냐? 누구나 다 갈등을 느끼면서 살아갑니다. 아내와 외식을 하자고 약속을 해 놓고도 일이 한 건만 터지면 아내는 싹 잊어버린 채 일에 매달립니다. 아내는 이제나 저제나 기다리다가 그것도 한두 번이지, 남편을 향하던 마음이 자식에게로 향합니다. 그래서 온 정성을 자식에게 다 쏟아 붓습니다. 그러면서 물질도 남편보다 자식에게 가고, 남편보다 자식을 위해 맛있는 것을 챙기게 됩니다.

저는 자라면서 "빨리 먹어라. 아버지 오시기 전에 빨리 먹어라" 하는 말을 종종 들었습니다. 아버지가 오시면 못 먹는다는 것입니다. 어머니께서 처음부터 그러지는 않으셨을 것입니다. 살다 보니 남편이 하는 일이 다 보기 싫고, 남편 역시 아내가 하는 일이 다 보기 싫어진 것입니다.

부부 싸움이 사랑싸움이라고요? 천만의 말씀입니다. 그것도 신혼 초의 이야기입니다. 40대 부부들의 싸우는 모습을 보십시오. 그것은 결코 '칼로 물 베기'가 아닙니다. 끝장을 보려고 합니다. 신혼 때 집을 나간 아내는 남편이 언제 데리러 오나 기다립니다. 하지만 마흔이 넘어서 집을 나간 아내는 남편이 찾으러 안 왔으면 하고 나간다는 것입니다. 마음이 떠났기 때문입니다.

그런데 남편에게 실망한 것보다 몇 배 더 실망하는 때가 오는데,

그것은 바로 심혈을 기울였던 자식에게 실망할 때입니다. 그토록 사랑했던 자식이 실망시킬 때 여자의 마음은 남편에게로 돌아갑니다. 지금은 부부 사이가 안 좋아도 조금만 참고 기다리면 아름다웠던 지난 추억처럼 남편이 좋아질 때가 옵니다.

자식을 키우는 동안은 예쁘고 귀한 자식에게만 신경을 쓰다 보니 남편은 안중에도 없고 일찍 들어오거나 말거나 괜찮았습니다. 어차피 마음이 떠났으니까, 밥도 차려 먹든지 말든지 상관없고 자식에게만 정성을 쏟았습니다.

그런데 자식이 결혼하더니, 어머니가 아파서 누워 있어도 신경을 안 씁니다. 오히려 속에서 천불 나는 소리만 해 댑니다.

"내가 뭐라고 그랬어요? 때 맞춰서 식사 잘 하시라고 그랬잖아요. 집에 있지 말고 병원에 가 보세요."

자식을 위해서 먹을 것도 못 먹고 키운 것에 대한 배신감이 밀려옵니다. 그래도 남편은 아프다고 하니까 벌떡 일어나 약국에 가서 약을 지어 와서는 먹어 보라고 합니다. 조금 더 지나면 자식은 소용없습니다. 남편이 최고입니다.

그런데 문제는 30, 40대에 자식을 키우느라고 남편을 돌보지 못했는데 남편이 평생을 해로하지 못하고 먼저 세상을 떠나는 것입니다.

위로해 줄 남편이 없게 되는 것입니다. 다들 정신 차리십시오. 지금 보기 싫은 남편이 영원히 보기 싫은 것이 아닙니다. 또 예뻐질 때가 있습니다. 지금은 자식에게 빠져서, 사업에 빠져서 미운 것뿐입니다. 조금이라도 일찍 그것을 깨닫지 못하면 함께할 시간은 줄어들 것입니다.

남편은 아내가 돌아올 때까지 건강관리를 잘하고 기다리시기 바랍니다. 여자는 스스로 건강을 잘 지키는데, 남자는 여자가 돌봐 주지 않으면 무너져 버립니다.

남편이 최고입니다. 죽고 나면 백날 후회해도 아무 소용없습니다. 지금이라도 라면 끓여 주지 마시고, 자장면 시켜 주지 마시고, 꼭 삼시 세 끼 밥을 챙겨 주십시오. 마음도 변하고 환경도 변합니다. 꼴 보기도 싫었던 남편이라도 그 사람밖에 없다는 사실을 깨닫고 나면, 이미 남편은 건강을 잃어서 더 이상 기다려 주지 못하는 것입니다.

남자는 자기가 열심히 일하는 것이 다 처자식을 위해서 수고하는 것이라고 생각합니다. 그런데 아내는 남편이 일하는 것이 가족을 위한 것이라고 전혀 느끼지 못합니다. 왜냐하면 애정이 전달되지 않기 때문입니다. 애정 전달이 안 되면 남편의 수고는 당연한 것이고, 남자들은 다 그래야 한다는 식으로 여기게 됩니다.

남자가 "나는 처자식 먹여 살리려고 열심히 일한다"고 하면 여자는

"얘들아, 아버지는 우리를 위해서 열심히 일하신다"라고 맞장구를 쳐 주어야 합니다. 그런데 "네 아버지는 일이 좋아서 저렇게 일하는 거야"라고 하는 경우가 많습니다. 수고는 수고대로 하고 인정은 받지 못하기 때문에 나이가 들면서 남편들은 억울하기만 합니다.

아내가 무엇을 원하는지, 남편이 무엇을 원하는지 서로 알아야 됩니다. 아내는 자신의 마음을 이해해 주길 바랍니다. 돈을 많이 벌어다 주고 여자의 마음을 몰라주는 남편보다, 돈을 좀 적게 벌어다 주더라도 여자의 마음을 알아주는 남편을 더 선호합니다. 이에 반해서 남자는 예쁘고 날씬하고 교양 있는 여자보다, 남편의 말에 따르는 순종적인 여자를 원합니다.

서로의 초점이 안 맞는 데서 결혼생활이 출발하다 보니 계속 불협화음이 생기는 것입니다. 그래서 여자는 남자를, 남자는 여자를 알아야 할 필요가 있습니다.

healing point

왜 가정에서 문제가 계속 발생할까요? 사회가 급속히 변했기 때문입니다. 요즘은 부부라도 서로 사랑하고 참고 희생하려고 하지 않습니다. 제가 어릴 때만 해도 가족이 나들이를 가면 아버지는 맨몸으로 가셨습니다. 반면에 어머니는 아이 셋을 앞뒤에 업고, 손에 잡고, 짐을 머리에 이고 가셨습니다. 그런데 요즘은 남편이 아이 둘을 앞뒤에 짊어지고, 아내는 핸드백과 자동차 열쇠만 들고 갑니다. 이렇게 사회가 바뀌었습니다. 그런데 의식의 변화는 현상보다 더디 옵니다. 그러니 부부는 서로가 서로를 이해해 주어야 합니다.

3장

사랑하는 것,
사랑하지 않는 것

부부는 서로에게 가장 귀한 보배요,
끝까지 함께할 사람입니다.
가장 아끼고 소중하게 사랑해야 할 사람이 바로
남편과 아내인 것입니다.

우리 가족의
익숙한 풍경

저는 택시를 타면 집 앞까지 안 갑니다. 제가 조금 걸어가면 되니까요. 택시기사를 힘들게 하는 게 싫어요. 이렇듯 남자들은 남을 배려하고 관대하게 행동하는 것 같습니다.

하지만 이렇게 해 버리면 아내는 애 둘에 짐까지 챙기느라 더 고생을 합니다. 일부러 그런 것은 아니지만 남편들은 무의식적으로 '가족이니까 이해할 수 있겠지'라고 생각하는 거지요. 그러나 아내 입장에서는 '아내나 아이보다 남이 더 중요한가 보다'라고 생각할 수밖에 없습니다. 그러니 "남 생각해 주는 만큼 나도 좀 생각해 줘"라고 말하는 것입니다.

심지어 어떤 때는 남편보다 친구가 더 가족 같다고 느낄 때도 있습니다. 아픈 나의 건강을 챙겨 줄 때라든지 또는 남편보다 내 상황에 대해 더 잘 알고 있을 때 등입니다.

하지만 이건 남편의 무관심 때문이라기보다는 남자와 여자의 뇌 구조 차이에서 오는 문제입니다. 남자들은 대개 여자가 아프면 위로보다는 이성적으로 "병원에 가!" 한마디 해 주는 것으로 끝납니다. 하지만 여자들은 그것보다는 "어떡해, 괜찮아?"라고 위로해 주는 친구의 말을 더 고마워합니다.

남편 또한 서운함을 토로합니다. 회사에서 열심히 일하고 저녁 늦게 집에 들어가지만, 아내와 아이들은 아빠가 온 줄도 모르고 이미 깊은 잠에 빠져 있습니다. 남편은 다시 새벽에 혼자 힘겹게 일어나서 출근해야 합니다. 이때의 서운함은 말로 할 수 없습니다.

문제 있는 부부는 공통점이 있습니다. 좋은 쪽으로 생각하고 대화하기보다는 안 좋은 쪽으로 계속해서 대화한다는 것이지요. 마음과는 달리 부정적인 어투의 대화는 상대방의 마음을 아프게 합니다. 그래서 마음은 그렇지 않을지라도 자꾸 서로에게 화살을 돌릴 수밖에 없습니다.

부부 사이에 "아, 이제 당신도 50이나 됐구나"라고 표현하면 좋은 대화이지만 "으이구~ 당신이랑 벌써 30년이나 살았어. 정말 지겨워"라고 말하면 나쁜 대화입니다. 부정적인 대화를 하면 갈등만 생깁니다. 부부간의 대화가 원활하지 못하다면 함께 노력하는 자세가 필요한 것이지요.

shall we dance?_ 89×54 캔버스에 아크릴릭

얼마 전 제게도 며느리가 생겼습니다. 며느리는 저를 보면 반가운 마음에 언제나 "어머, 아버님!" 하면서 포옹을 해 줍니다. 그러면 저는 속으로는 좋으면서도 "네 신랑 껴안아라"라고 말합니다. 그러면서도 저도 모르게 같이 안아 줍니다.

그 모습을 보고 제 딸이 충격을 받았습니다. "아빠와 30년 이상을 살면서 한 번도 저렇게 못 해 봤어"라고 말했습니다. 그러면서 '어려운 아빠라고만 생각하지 말고 나도 저렇게 해야겠다'라고 결심했답니다. 그리고 지금은 만날 때마다 서로 안아 주고 사랑한다고 말하는 것이 익숙한 우리 가족의 풍경이 되었습니다.

이렇듯 부부 사이에도 코드를 살려 가는 것이 중요합니다. 서로 간에 남보다 못한 대화나 행동을 하는 부부는 노력으로 바꿔야 합니다.

healing point

예전에 우리 집은 정미소를 운영했습니다. 거기에서 일하던 일꾼 한 명이 있었는데, 저녁 늦게 나락이 들어오면 그 일꾼은 일하러 나왔지만 아들들은 한 명도 나오지 않았습니다. 그러면 아버지가 크게 호통을 치셨어요.

"이놈의 자식들, 아들들 몇 놈이 일꾼 한 명만 못 해!"
시간이 한참 흘렀습니다. 그 일꾼은 떠나갔습니다. 하지만 자식들은 아직도 아버지 곁에 남아 있습니다. 결국 속을 썩이고 내 맘에 안 들어도 곁에 있는 남편이나 아내가 남보다 훨씬 나은 법입니다.

행복한 부부 생활을 위한 십계명

행복한 가정을 만들기 위한 부부 십계명을 알려드리고자 합니다.

제1계명은 '결혼생활의 목표를 가지고 살아가기'입니다.

아무것도 겨냥하지 않으면 그 어떤 것도 명중시킬 수 없습니다. 결혼생활의 비극은 목표가 없는 데서 시작됩니다. 사실 인생이나 가정은 뭔가 이루어졌을 때보다 이루어질 목표를 향해 나아갈 때 훨씬 더 행복합니다.

때릴 때 허공을 치듯 하지 말고, 목표 없이 뛰어가지 말아야 합니다. 마찬가지로 부부도 목표 없이 살아가지 말아야 합니다. 삶에 활력을 불어넣을 수 있는 목표를 가지고 살아가십시오.

제2계명은 '단점의 눈은 감고, 장점의 눈만 뜨고 살아가기'입니다.

결혼 전에는 장점의 눈은 감고 단점의 눈만 뜨고 보다가, 결혼 후에는 반대로 단점의 눈은 감고 장점의 눈만 뜨고 살아야 합니다. 그런데 대부분의 부부들은 반대로 행동합니다. 연애할 때는 좋은 것만 봅니다. 웃으면 당연히 예쁘고, 심지어는 화를 내도 예쁘다고 합니다. 어떤 사람은 아내가 웃을 때 볼이 쏙 들어가니까 보조개인 줄 알았는데 나중에 정신 차리고 보니 곰보였다고 합니다.

결혼하기 전에는 절대 좋은 눈으로 보지 마세요. 저 여자는 흠이 무엇인가, 저 남자는 단점이 무엇인가 찾으세요. 그래도 찾아지지 않거든 결혼을 하고, 결혼한 후에 보이는 단점은 눈을 감아 버리세요. 결혼을 하기 전에는 단점이 안 보이다가 결혼한 다음부터 단점이 눈에 띄기 시작하면 불행이 시작됩니다.

이것은 숙련되지 않으면 잘 안 됩니다. 그래서 여름과 겨울을 함께 지내보기 전까지는 결코 결혼하지 말라고 권유하고 싶습니다. 한번 짝지은 결혼은 나눌 수 없으니 할 때 잘해야 합니다.

제3계명은 '어떤 경우에도 비교하지 말고 살아가기'입니다.

비교는 비참합니다. 자신보다 더 가진 사람이 있게 마련이고, 자신보다 못 가진 사람이 있게 마련입니다. 또한 자신보다 더 큰 사람이 있게 마련이고, 자신보다 더 작은 사람도 있게 마련입니다. 나보다 더 뚱뚱한 사람도 많고, 나보다 더 날씬한 사람도 많습니다. 못난 사람 앞에 서면 우쭐해지고, 잘난 사람 앞에 서면 열등감에 사로잡혀 비참해지는 것이 인간입니다. 우쭐해도 불쌍하고, 비참해도 불쌍합니다. 결국 인간은 자신만의 색깔을 가지고 독창적으로 살아야 행복한 것입니다.

만약 이 세상에 빨간 장미만이 존재한다면 어떨까요? 이 세상에 있는 사람들의 키가 전부 180센티미터라면 그것이 무슨 의미가 있을까요? 모든 사람의 피부색이 하얗다면 무엇이 좋을까요? 빨간 장미, 노란 국화, 하얀 안개꽃이 있어야 각각의 멋을 느낄 수 있습니다. 또한 까만 사람, 하얀 사람, 희끄무레한 사람, 거무스레한 사람 등이 다양하게 있어야 멋있는 것입니다. 그 가운데 나는 나 하나밖에 없기 때문에 귀한 것입니다.

그래서 부부 또한 비교하면 안 됩니다. 남편의 직위가 높지 않다고 해서 비교하지 마세요. 비교하면 비참해집니다.

"당신은 뭐하는 거예요? 당신 동기들은 다 부장인데 당신은 아직 과장도 못 벗어나고……."

남편이 그걸 모를까요? 화가 난 남편은 "미안해. 내가 열심히 노력해서 부장으로 승진해 볼게"라고 말하지 않습니다. 잔뜩 술 취한 채로 들어와서는 "그러면 가서 그 사람하고 살아"라고 합니다.

"누구네 남편은 한 달에 얼마씩 벌어다 준다는데 당신은 뭐하는 거야? 내가 얼마나 쪼들리며 사는 줄 알기나 해?" 하고 비교해서 말하면 "미안해. 내가 행복하게 해 준다고 데려와서는 고생만 시켜서 정말 미안해"라고 말하는 훌륭한 남편은 거의 없습니다. "돈 잘 버는 그 사람한테 가서 살아. 비교하지 마"라고 할 것입니다.

제4계명은 '화를 품은 채 잠자리에 들지 말기'입니다.

살다 보면 화가 안 날 수 없습니다. 그런데 한 번씩 화를 낼 때마다 병에 걸릴 가능성이 높아집니다. 대개 병에 걸린 사람들의 삶을 살펴보면 짜증을 많이 낸다는 공통점이 있습니다. 그러니 화를 내지 말고 화가 나면 이야기를 하세요.

제5계명은 '돈을 사용하는 데 하나가 되기'입니다.

현대 사회에서 돈은 애정의 척도며 인격의 잣대입니다. 그러므로 돈을 바르게 사용해야 합니다. 부부가 함께 돈을 쓰면 거의 문제가 없습니다. 왜냐하면 부부는 대체로 반대 성향을 가진 사람끼리 만나기 때문입니다. 같은 사람이 만나도 반대가 됩니다. 서로 똑같은 부부는 없습니다. 그래서 여자가 헤프면 남자가 알뜰해지고, 남자가 헤프면 여자가 알뜰해집니다. 둘 다 헤프고 둘 다 알뜰한 부부는 거의 없습니다. 그래서 돈을 함께 쓰면 별 문제가 없지만, 배우자와 상의 없이 혼자 쓰면 반드시 문제가 생깁니다. 균형이 안 맞기 때문입니다.

우리의 행성_ 35×26 혼합기법

부부가 함께 빌려 주자고 해서 빌려 준 돈은 떼이지 않습니다. 배우자와 상의 없이 혼자 빌려 준 돈은 못 받는 경우가 많습니다. 부부가 함께 투자한 사업도 잘 망하지 않습니다. 혼자 벌려 놓은 사업이 망합니다. 물론 둘이 해도 안 될 때가 있지요. 그러나 그것은 둘이 함께 짊어지니까 괜찮습니다. 아무리 문제가 커도 둘이 함께 짊어지면 극복해 나갈 수 있습니다.

돈은 행복의 조건이 아닙니다. 그러니 돈이 많든 적든 부부가 함께 상의해서 사용하세요.

제6계명은 '평생 가슴에 못 박는 말은 하지 말기'입니다.

입술의 30초가 가슴의 30년이 됩니다. 말은 단순한 것 같지만 힘이 있습니다. 그래서 말 한마디로 사람을 죽이기도 하고 살리기도 하고, 힘을 불어넣기도 하고 힘을 빼기도 합니다.

남편이 아내 가슴에 못 박는 소리를 하면, 남편은 기억도 못할지라도 아내는 30년이 지나도록 그 말을 한 자도 틀리지 않고 정확하게 기억하고 있습니다. 한 번 가슴에 박힌 못은 30년이 지나도 빠지지 않는다는 뜻입니다. 남편은 못 박는 말을 아내에게 하지 않는 것이 중요합니다. 그것이 남자가 조심해야 할 일입니다.

제7계명은 '침실의 기쁨을 잘 유지하기'입니다.

부부 문제는 성격 차이를 제외하고는 성적인 것이라고 해도 과언이 아닙니다. 물론 사람마다 다르지만 침실의 30분은 부부 생활을 좌우하고 나아가 한 집안을 좌우합니다.

요즘 부부들은 서른 살 전후로 결혼을 합니다. 부부가 같이 잠자리를 하는 것을 예순 살까지라고 했을 때, 부부 관계를 가질 수 있는 시간은 30여 년입니다. 그런데 싸우면 각방을 쓰는 부부가 있습니다. 영원 속으로 떠나가면 돌아올 수 없는 육체를 가지고 즐길 수 있는 기쁨을 사소한 것 때문에 싸웠다고 각방을 쓰면서 살아서야 되겠습니까? 나중에 후회하지 말고 즐겁게 사세요.

제발 사소한 일로 다투고 각방을 쓰지 마세요. 성생활은 바쁘고 힘들다는 핑계로 멀리하지 말고, 주어진 여건 속에서 즐겨야 할 선물입니다. 그것은 너무 신비스러운 것도 아니지만 그렇다고 너무 세속적인 것도 아닙니다.

제8계명은 '서로 격려하며 신바람 나게 살아가기'입니다.

남자는 매우 강한 것 같지만 사실은 단순하고, 여자는 독한 것 같지만 사실은 분위기에 약합니다. 그러므로 여자는 남자를 이해하고, 남자는 여자를 이해해야 합니다.

여자는 남자를 다룰 때 돼지 다루듯 하면 됩니다. 남자는 돼지 같아서 고집을 세워서는 이길 수 없습니다. 분명히 손해인 줄 알면서도, 분명히 잘못된 줄 알면서도 그냥 밀어붙입니다. 고집으로는 못 이기니 긁으세요. 남자가 막 밀어붙이기 시작하거든 놔두었다가 긁으세요. 돼지를 밀어서 넘어뜨리려고 하면 '꿀꿀꿀' 하고 버티지만, 다리고 배고 사정없이 긁으면 벌러덩 누워서 네 다리를 다 들어 버립니다. 남자는 막 긁어 주어야 합니다. 그냥 긁어 주세요. 그러면 "헤헤, 알았어. 다 알아서 해"라고 합니다.

여자도 마찬가지입니다. 여자는 앙칼진 것 같고 독한 것 같아도 분위기에 약합니다. 침울해하고, 식탁의 반찬이 시원찮고, 혼자 챙겨 먹고 가라고 하거든 일찍 퇴근해서 분위기를 확 바꿔 보세요. 선물을 하나 사서 괜찮은 음악을 틀어 놓고 건네 보세요. 마음으로 잘 안 되면 연극으로라도 한번 해 보세요. 연극을 해서라도 행복하고 신나게 사는 것이 좋은 것입니다.

제9계명은 '남편은 아내를 사랑하고 아내는 남편에게 복종하며 살아가기'입니다.

아내는 남편에게 복종해야 합니다. 복종은 남의 명령이나 의사를 따라가는 것입니다. 남편의 명령이나 의사를 따라가 주세요. 그것이 아내가 해야 될 일입니다. 여자들이 그렇게 하면 남자들은 어떻게 해야 합니까? 아내를 사랑하다가 죽으세요. 그것이 좋은 부부 관계입니다.

부부가 서로 마주보세요. 앞에서 보면 실망이고, 옆에서 보면 낙망이고, 뒤에서 보면 절망입니다. 서로가 이해해 주지 않고, 복종해 주지 않고, 사랑해 주지 않으면 비극이 오게 됩니다.

제10계명은 '서로에게 사랑을 고백하기'입니다.

잃어버렸던 사랑을 회복하여 행복한 부부가 되세요. "여보, 나는 당신을 사랑하고 당신 때문에 행복을 느끼며 살아가요"라고 서로를 향해 고백하세요. 아무리 이심전심으로 아는 것이 부부라고는 하지만, 말로 듣는 고백은 또 다릅니다. 한 마디의 고백이 서로를 더욱 친밀하게 묶는 끈이 될 것입니다.

healing point

'여보'는 부부 사이에 서로 상대편을 부르는 말입니다. 그렇지만 저는 이것을 '보배와 같다'는 뜻의 '여보如寶'로 해석합니다. '당신'은 부부 사이에서 상대편을 높여 부르는 말입니다. 저는 이것을 '내 몸과 같다'는 뜻의 '당신堂身'으로 해석합니다. 마누라 또한 '마주보고 누워라'의 준말로 해석하고, 여편네는 '옆에 있네'로 해석합니다.

이렇듯 부부는 서로에게 가장 귀한 보배요, 끝까지 함께할 사람입니다. 가장 아끼고 소중하게 사랑해야 할 사람이 바로 남편과 아내인 것입니다. 그러니 부부가 사랑하면서 열심히 살아야 하는 것은 당연한 일입니다.

사랑하는 것,
사랑하지 않는 것

사람은 위치와 역할에 따라 관계가 다릅니다. 만약 조선시대처럼 주인과 하인의 관계라면 주인은 안채에, 하인은 행랑채에서 생활합니다. 하지만 부자 관계가 되면 아버지는 안방에, 자녀는 아이들 방에서 주로 잠을 잡니다. 하지만 부부 관계가 되면 같은 방에서 함께 생활하는 것은 물론이고 같은 방에서 한 이불을 덮는 관계로 발전하게 됩니다.

재산상의 관계로 보면, 하인이 주인에게 열심히 일한 대가로 새경이라고 하는 돈이나 물건을 받습니다. 하인이 주인을 위해 행동한 대로 대가를 주는 것입니다. 그러나 부자 관계는 상속 관계입니다. 나아가 부부 관계는 상속의 관계를 넘어서는 사랑의 관계입니다. 주종 관계에서는 삯을 받아서 쓰고, 부자 관계에서는 타서 씁니다. 하지만 부부 관계에서는 그냥 쓰면 됩니다. 그래서 하인은 "주인님, 일

할 테니 품삯 주세요"라고 말하고, 자식은 "아버지, 돈 좀 주세요"라고 말합니다. 그러나 부부는 별다른 말없이 그냥 가져다가 쓰면 됩니다.

부부가 되면 이런 사랑의 관계, 즉 한 몸을 이루어 살아야 합니다. 부부인데도 항상 하인처럼, 자식처럼 살면 안 됩니다. 사랑의 관계로 발전되어야 합니다.

사랑의 대상을 필요로 하는 인간은 사랑의 행위를 할 때 동물과는 다른 측면이 있습니다. 거의 모든 동물들은 서로 반대 방향을 보고 사랑을 합니다. 하지만 사람은 마주보고 사랑을 합니다.

사랑을 요구하는 대상은 있는데 사랑을 줄 상대가 없다면, 또는 사랑을 줄 대상은 있는데 사랑을 받을 상대가 없다면 그것은 비극인 것입니다. 자기만 사랑을 가지고 있다고 좋은 것이 아닙니다. 그 사랑을 나눌 대상이 있어야 합니다.

돈은 엄청나게 많은데 살 물건이 없다면 그 돈은 쓸모가 없습니다. 돈은 물건을 살 수 있을 때 가치가 있는 것입니다. 마찬가지로 그 사랑을 나눌 대상이 없다면 그 사랑은 완전하지 못한 것입니다. 꽃과 동물을 사랑하는 것은 사람을 사랑하는 것과는 다릅니다.

부부가 되었으면 부부로서의 사랑도 가져야 합니다. 언젠가 아내가 아들이 다니는 학교에 갔을 때의 일입니다. 면담 중에 선생님께서 이런 말씀을 하셨다고 합니다. 제 아들 녀석이 아버지를 정말로 존경한다고요. 좋아하는 차원을 넘어서 유난히 다른 아이들보다 아버지를 존경한다는 것입니다. 왜 그런지 아십니까? 아내가 중간에서 역할을 잘 해 주어서 그렇습니다. 어머니가 된 여러분은 딸과 앉아서 아버지의 흉을 보지 마십시오.

"너는 아빠 같은 남자 만나지 마라. 엄마가 실수한 것이 한 가지 있다면 네 아빠와 결혼한 거야."

그러면 그 딸이 아버지를 어떻게 생각하겠습니까? 딸이 혹시 "내가 볼 때 엄마는 결혼 잘못한 것 같아요"라고 말하더라도 이렇게 말해 주어야 합니다.

"무슨 소리야? 네가 몰라서 그래. 너희가 모르게 아빠가 얼마나 엄마를 사랑해 주는 줄 아니? 너희는 사랑이 뭔지 몰라. 어른이 되면 알게 될 거야. 너희 아빠는 정말 좋은 사람이란다."

부부는 신기하게도 말한 대로 되어 갑니다. 누구든지 훌륭하다고 계속 말하면 훌륭해지지 않는 사람이 없고, 나쁘게 몰아세우면 나빠지지 않는 사람이 없습니다.

"아빠가 바빠서 그렇지 너희를 얼마나 사랑하시는지 아니? 항상 전화로 너희 잘 있느냐고 안부를 물어보셔."

이렇게 계속 이야기를 해 보세요. 그러면 아이들이 아버지를 존경하게 됩니다.

“왜 아빠한테 전화 안 하니? 너희가 전화해 주기를 굉장히 기다리시던데. 너희한테 말을 못해서 그렇지 아빠가 얼마나 너희 전화를 기뻐하신다고. 아빠가 오후 3시쯤 시간이 난다고 하시니까 너희가 그때 전화 좀 해 봐. 너희 목소리만 들어도 기뻐하신단다.”

그러면 아이들은 “알았어요. 제가 이따 전화할게요”라고 합니다. 지금까지 왜 아이들이 아빠에게 전화하지 않았는지 아세요? ‘아빠는 바쁘시니까 전화하면 싫어하실 거야’라고 생각하고 있었기 때문입니다. ‘괜히 전화했다가 혼나느니 그냥 안 하는 것이 나을 거야’라고 생각했다는 말입니다.

사랑을 하면 온통 관심이 사랑하는 사람에게 집중됩니다. 이 사람도 사랑하고 저 사람도 사랑하는 일은 있을 수가 없습니다. 모든 사랑을 모아서 한 곳에 집중하면 그 사람이 나의 전부인 것입니다. 존재 이유와 목적이 그 사람 때문에 있는 것입니다.

‘그대 있음에 나 있고, 그대 없음에 나 없으니 그대 없는 세상 내가 누구를 위해서 살겠는가!’

사랑하는 감정이 있으면 모두 시인이 됩니다. 사랑으로 인하여 내가 즐겁고, 사랑으로 인하여 내가 슬프고, 그 사람과 함께라면 지옥도 천국이요, 그 사람을 떠나서라면 천국도 지옥입니다. 사랑을 모를 때는 아무 관계가 없지만 정말 사랑을 하면 그것을 알게 됩니다.

수천 명, 수만 명이 모였어도 사랑하는 사람이 없으면 그곳은 허전합니다. 텅 비었습니다. 정말 사랑하는 사람이 서울에 있으면 서울이 꽉 찬 것 같고, 그 사람이 서울을 떠나면 서울은 텅 빈 것 같이 느껴집니다. 수만 명을 놓고 이야기를 해도 사랑하는 사람이 없으면 쓸쓸합니다. 그런데 그 사람이 나타나면 군중이 꽉 찬 것 같이 느껴집니다. 그 다음에 드는 생각은 그 사람만 남고 다른 사람은 빨리 갔으면 좋겠다는 것입니다.

어떤 사람을 사랑하는지 사랑하지 않는지 간단하게 알아맞히는 방법이 있습니다. 그 사람 옆에 앉아서 시간이 너무도 안 가면 사랑하지 않는 것이고, 금방 시간이 흘러가 버리면 사랑하는 것입니다.

죽더라도 마지막까지 내 곁에 남는 사람은 가족이고, 그중에서도 내 남편, 내 아내입니다. 젊을 때 사진을 찍으면 대부분 아내가 남편 곁에 기대고 있습니다. 하지만 나이 들어서 사진을 찍게 되면 남편이 아내 쪽으로 기울어져 갑니다. 젊어서는 아내가 남편에게 기대어서 살고, 나이 들면 남편이 아내의 도움을 받으며 살아가는 것입니다. 이처럼 부부는 신비한 관계입니다.

부러움의 대상과 존경의 대상

문제가 있는 여러 부부들을 상담하면서 그들 얘기를 들어 보면, 양쪽에서 하는 말이 틀린 게 하나도 없어요. 각자의 입장에서 그들의 이야기를 들어 보면 구구절절 옳은 이야기만 합니다.

하지만 모두 핑계에 불과합니다. 그런 남편 잘 다독이며 사는 것도 아내 능력이고, 그런 아내를 잘 달래 가며 사는 것도 남편 능력입니다. 자신의 입장을 주장하기에 앞서 내 말이 얼마나 객관성이 없는가를 정확히 알고, 또 내 생각에 무슨 문제가 있는 것은 아닌지 먼저 살펴보십시오.

바보 온달 이야기를 아실 겁니다. 바보 온달은 평강공주와 결혼해서 장군까지 된 인물입니다. 바보 온달을 장군으로 만든 사람이 누굽니까? 바로 평강공주입니다. 그런데 당신의 남편은 바보가 아니잖습니까? 아내라면 "내 남편을 대통령도 만들 수 있겠구나!"라고 생각하며 살아가는 것이 현명한 일입니다.

그렇다면 남편의 입장에서는 어떻게 해야 할까요? "이봐, 바보도 여자 잘 만나면 장군이 된다고 하잖아? 당신은 날 위해 도대체 뭘 하는 거야?"라고 말해야 할까요? 그런 남편은 정말 골치 아픈 사람입니다. 옛말에 '남자는 여자 말을 잘 들어야 성공한다'고 했습니다. 평강공주가 앞에서 잘 이끌어 줄 때 온달이 잘 따라 줬기 때문에 장군이 된 것이지, 아무 노력도 없이 거저 된 것은 절대 아닙니다.

여자들은 절대 속을 썩여서는 안 됩니다. 무슨 일이 있어도 속을 썩이거나, 상심해서도 안 됩니다. 어떤 일이든 시간이 지나면 다 해결되게 마련입니다. 속 썩여 봐야, 결국 건강만 상하지 해결되는 것은 아무것도 없습니다. 아무리 자식과 돈이 중요하게 생각되더라도 건강만큼 중요하지는 않습니다. 건강해야 사랑도 있습니다. 건강해야 자식도 있고 돈도 있는 겁니다. 건강이 훨씬 중요합니다.

건강을 상하게 하는 데는 실제로 일어난 일 자체보다 생각이 더 큰 작용을 합니다. 재미있는 사실은, 여자와 남자가 고민을 푸는 방법에는 분명한 차이가 있다는 것입니다. 남자는 어려운 일이 생기면 먼저 고민부터 합니다. 생각하고 고민하는 것이 남자의 스타일이에요.

그런데 여자들은 어려움이 생기면 담지 못하고 일단 밖으로 쏟아

냅니다. 여자들이 쏟아 낼 때, 남자들은 그저 들어주기만 하면 됩니다. 그렇지만 남자들은 여자들의 얘기를 들으면서 꼭 해결을 하려고 듭니다. 여자는 해결해 달라는 것이 아니라, 이야기를 좀 들어 달라는 것뿐인데 말이지요.

그렇다면 남자들은 왜 여자의 이야기를 들으려 하지 않을까요? 여자의 말을 들으면 뭔가 해결해야 하는 듯해서 부담스러워지는 겁니다. 예를 들어 "백화점에 갔는데 좋은 옷 진짜 많더라" 하고 여자가 푸념을 늘어놓았는데, 남자는 그 말을 사 달라는 것으로 생각해 버립니다. 그러면서 "백화점에는 왜 갔어?"라고 윽박질러요. 여자들은 남자의 이런 성향을 잘 이해해야 합니다. 그러기 위해서는 약간의 훈련과 사랑이 필요합니다.

아내도 고칠 점은 있습니다. 남편이 자기 방에 들어가서 고민을 하면 그냥 내버려 두세요. 그러면 스스로 알아서 고민하고 해결합니다.

그런데 아내들은 남편이 고민을 하면 불안해하면서 "왜 고민하느냐"고 호들갑을 떱니다. 그러다 보니 본인도 괜히 걱정이 되어 힘들어지고, 같이 살기 힘들다는 말까지 나오게 됩니다. 남편 입장에서는 고민은 자신이 하는데, 왜 아내가 힘들어하고 못살겠다고 하는지 이해가 안 됩니다.

여자들은 불필요한 짐을 많이 집니다. 남편이 고민하면 그냥 놔두면 될 것을, 괜히 집안 분위기를 저기압으로 만들고는 스스로 힘들다고 말합니다. 아내 노릇하기가 힘들다는 말은 맞습니다. 그러나 스스로 불필요하게 힘든 상황을 만드는 부분도 분명히 있습니다.

그렇다고 오해는 하지 마십시오. 어느 정도 신경을 쓰고 관심을 가지는 것은 필요합니다. 안 해도 될 걱정을 하지 말라는 것입니다.

부러움의 대상과 존경의 대상은 다릅니다. 정말로 잘 어울리는 부부가 만났다면 부러움의 대상이 될 것입니다. 그러나 서로 잘 맞지 않아 어려운 상황에서도 노력해서 가정을 바로 세웠다면 존경의 대상이 될 것입니다.

한번쯤 존경스러운 부부가 되어 보고 싶지 않습니까? 다른 부부라면 벌써 가정이 깨지고 이혼을 할 상황인데도 이겨 내고 바로 세웠다면, 이는 존경받을 만한 부부가 아닐까요?

healing point

저녁을 먹으면서 텔레비전을 봤습니다. 할아버지가 설명하고 할머니가 맞추는 퀴즈 대결을 벌이는 프로그램이 나오고 있었습니다. 할아버지가 설명해야 하는 말이 '천생연분'이었어요. 할 아버지가 "당신하고 나하고의 관계"라고 말했어요. 그랬더니 할머니가 "웬수"라고 대답했습니다. 방청석에서 웃음이 터져 나왔습니다. 답답했던 할아버지는 "그것 말고 넉 자로 말해 봐"라고 했습니다. 그랬더니 할머니 왈, "평생 웬수!"

보통 남편은 아내를 천생연분이라고 생각하고 삽니다. 그래서 아내에게 "나는 당신밖에 없어"라고 합니다. 하지만 아내들은 남편을 원수라고 생각합니다. 남편 때문에 평생 속을 썩이며 살았기 때문입니다. 평생 원수와 함께 살고 있는 여자들은 참으로 위대합니다.

너랑 나랑은 그렇고 그런 사이니까_ 20×29.2 종이에 수채, 혼합기법

괜찮은 남편

한동안 저는 상당히 괜찮은 남편이라는 자부심을 갖고 살았습니다. 그래서 아내에게 항상 목에 힘을 주어 이렇게 말했지요.

"당신은 좋은 신랑과 사는 줄 알아. 내가 키가 작나, 인물이 빠지나, 노래를 못하나, 운동을 못하나, 술을 먹나, 담배를 피우나, 바람을 피우나, 그렇다고 일을 못하나. 나 같은 남편 흔치 않아. 그러니 좋은 남편하고 사는 줄 알아."

그랬더니 아내가 어떻게 반응했을까요? "좋은 남편 좋아하네"였습니다. 당황한 저는 뭐가 불만이냐고 물었습니다. 아내는 넋두리하듯 이렇게 말하더군요.

"남편이란 사람이 강의 간다고 월요일에 가방 싸서 나가서는 목요일에나 집에 들어오고, 집에 돌아와서는 아내와 다정하게 이야기를 하는 게 아니라 곧바로 철야한다고 교회에 가서는 다음 날 새벽에나 들어오고, 그다음에는 운동해야 한다고 나가서 땀 빼고 들어오고, 샤워 후에는 옷 갈아입고 그동안 밀린 심방하러 다니고, 금요일에 또다시 철야하고, 토요일에 또다시 심방하고 회의하고, 일요일은 설교하고 회의하고 성경공부하고……."

이런 남편이 뭐가 좋으냐는 말입니다. 그래서 "이 사람이 정말 뭘 모르는구먼. 요즘 성공한 사람치고 집에서 한가하게 놀고 있는 사람이 어디 있어, 다 바빠" 하고 말했습니다. 당시 저는 아내가 하는 말의 의미를 몰랐습니다. 좋은 남편에게 불만만 토로하는 아내가 야속할 뿐이었지요.

그러다 보니 어느덧 아내와 함께 결혼생활을 한 지도 30년이 훌쩍 넘었습니다. 그래서 이제는 서로 화장실 문도 안 닫고 볼일을 볼 정도로 부끄러움이 없어요.

그런데 어느 날 아내의 오줌 누는 소리가 경쾌하게 들리지 않았습니다. 그런 아내가 걱정되었습니다.

'요즈음 아내가 힘든가 보네. 몸이 고장이라고 난 건가?'

그래서 아침을 먹을 때 아내의 손을 슬며시 잡고 말했습니다.

"요즘 힘들지?"

그랬더니 아내가 흐느껴 울기 시작했습니다. 저는 아내에게 잘못 말한 줄 알고 깜짝 놀랐습니다. 그런데 알고 보니 아내는 감동을 한 겁니다. 그래서 한마디 더 했습니다.

"이제부터 잘해 줄게."

아내는 더욱 흐느껴 울었습니다. 그때 깨달았습니다. 말 한마디에 아내가 위로를 받는 것을, 그 말 한마디도 하지 않고서 좋은 남편하고 사는 줄 알라는 말만 했다는 것을요.

타이타닉 호가 침몰했을 때 남자들은 아이들을 제일 먼저 살렸습니다. 그다음으로 여자를 살렸습니다. 결국 많은 남자들이 힘이 빠져서 죽고 말았습니다. 그런데 그때 저쪽 구명정 쪽에 있던 여자가 남자에게로 갑니다. 남편이 외쳤습니다.

"저리 가. 왜 이리 와서 당신까지 죽으려고 그래?"

"여보, 내가 당신하고 수십 년을 같이 살았는데 이제 와서 당신 먼저 보내고 내가 더 살아서 뭐하겠어요. 우리 죽어도 같이 죽고 살아도 같이 살아요."

이들 부부는 결국 함께 죽었습니다.

그 이야기를 듣고 난 저는 생각에 잠겼습니다.

'과연 아내가 저편에서 죽어 갈 때 나 또한 아내에게 갈 것인가?'

부부 문제는 남편이 돈을 잘 번다고, 사회적 지위가 높다고 결코 해결될 수 없습니다. 그렇다면 우리나라에서는 재벌 부부들의 행복

지수가 가장 높아야 할 것입니다. 그러므로 남과 비교해서 돈벌이가 시원찮다고, 능력이 부족하다고 남편을 하찮게 대해서는 안 됩니다. 돈을 많이 번다고, 승진을 잘한다고 행복해지는 것이 아니기 때문입니다.

그렇다고 건강에 관련된 문제도 아닙니다. 건강 문제만 따진다면 건강하지 않은 부부는 평생 행복하지 못해야 합니다. 남편이 앞을 못 보고 아내가 다리가 없는 부부는 행복하지 않아야 할 것입니다. 하지만 그런 부부가 건강한 부부보다 훨씬 행복하게 사는 경우가 많습니다.

결국 부부 관계의 핵심은 사랑입니다. 그럼 사랑이 식은 부부는 어떻게 그것을 회복해야 할까요? 불쌍히 여기는 마음에서 비롯됩니다.

아내가 더 좋은 남자를 만났다면 더 행복하게 살았을 것을, 나를 만나서 마음 고생하는 것이 딱하지 않습니까? 남편이 더 훌륭한 여자를 만났더라면 더 좋았을 것을, 나를 만나서 힘들게 산다고 생각하면 딱하지 않습니까?

딱한 사람끼리 왜 싸워서 문제를 만듭니까? 사랑이 없어서 그렇습니다. 사랑이 있으면 아내의 아픔이 내게로 오지만, 사랑이 없으면 그것이 고소하게 느껴집니다. 남편이 끙끙 앓고 있으면 "그렇게 먹지 말라는 술을 먹더니 잘됐다"고 말하는 아내가 있습니다. 그 잘된 것이 남입니까? 바로 내 남편입니다.

부부 사이가 회복되려면 돈이나 옷 같은 현상을 좇지 말고, 본질인 사랑이 들어오도록 해야 합니다. 사랑이 들어와야 부부가 회복되고 가정이 행복해집니다.

healing point

부부끼리 싸웠을 때에 함께 산을 올라 보세요. 힘들게 산을 오르다 보면 잡념도 없어지고, 부부 사이의 어색함도 없어집니다. 산 정상에서 조금만 내려오면 대부분 물이 흐르는 계곡이 있습니다. 경치를 반찬 삼아 부부끼리 라면 한 그릇이라도 함께 먹습니다. 그러고 나면 마음이 깨끗해지는 걸 느끼게 됩니다. 이미 하산하면서 마음이 정화된 겁니다.

별 헤는 밤_ 35×26 종이에 먹,수채,콘테

남자들이 존경받지 못하는 이유

한때 '간 큰 남편' 시리즈가 유행한 적이 있었습니다. 반찬 투정하는 20대 남편, 아침밥 달라고 소리치는 30대 남편, 아내가 외출하는데 어디 가느냐고 묻는 40대 남편, 아내가 야단칠 때 말대답을 하거나 눈을 똑바로 보는 50대 남편, 아내에게 퇴직금을 어디에 썼느냐고 물어보는 60대 남편, 외출하는 아내에게 같이 가자고 조르는 70대 남편입니다.

그렇다면 80대의 간 큰 남편은 어떤 사람일까요? 그 나이가 될 때까지 살아서 아내로 하여금 수발들게 하는 남편이랍니다. 80세가 넘을 때까지 살아 있는 그 자체가 간 큰 남편이라는 뜻이지요. 그 외에도 늦게 들어와서 밥 차려 달라고 하는 남편, 아내가 드라마를 보고 있는데 감히 스포츠 보자고 박박 우기는 남편, 아내가 나무라는데 자진해서 손들지 않는 남편 등이 간 큰 남편에 들어간다고 합니다.

경기 침체로 남편들이 직장에서 당하는 당혹감이란 이루 말할 수 없습니다. 직장을 그만두는 상황을 뜻하는 용어도 다양합니다. 전에는 정년퇴직만 있는 줄 알았습니다. 그런데 사회가 변하면서 명퇴라는 신조어가 등장했습니다. 정년퇴직 때까지 있기가 힘드니 명예롭게 일찍 나가 달라는 것입니다. 그런데 이제 명퇴를 넘어서 조퇴가 나왔습니다. 조퇴는 조기에 그만두라는 말입니다. 그다음에는 황퇴가 나왔습니다. 황당하게 직장에서 해고당한다는 말입니다.

그렇게 황퇴당한 남자들 중에는 가족이 받을 상처를 생각해서 말도 못하는 경우도 있습니다. 갈 곳도 없으면서 여전히 출근한다고 집에서 나와서는 공원 의자에 하루 종일 앉아 있다가 퇴근시간에 맞춰 집으로 들어갑니다. 월급날이 되면 퇴직금에서 나온 이자를 아내에게 가져다주면서 직장생활을 잘하고 있는 것처럼 여기게 한다는 겁니다.

우리나라와 비슷한 처지의 일본인 남편들은 가정에서마저 따돌림을 당해 66퍼센트의 아내들이 이혼을 원한다고 합니다. 젊었을 때는 같이 살았지만 늙어서는 같이 살 의미가 없다는 것입니다. 그런데 희한하게도 남편들은 나이가 들어도 자기 아내와 계속해서 살기를 원합니다. 늙어서 따뜻한 밥을 먹으려면 젊었을 때 아내에게 잘해 주라는 말이 정말 실감나는 때가 되었습니다.

왜 남자들의 위치가 이렇게 되었습니까? 앞선 두 세대만 해도 남자가 능력이 있고 없고를 떠나서 안방에서 큰소리만 쳐도 아내들이 쩔쩔맸습니다. 아버지 세대에도 잘잘못을 떠나서 안에서 기침만 해도 어머니들은 어쩔 줄 몰라 했습니다. 그런데 오늘날은 왜 여자들의 기세가 등등해졌고, 남자들은 맥을 못 추는 시대가 되었습니까?

대체 늙은 남편들이 존경받지 못하는 이유가 무엇일까요?

첫 번째, 남편들이 철이 안 들어서 그렇습니다. 철이라고 하는 말은 사리를 분별할 줄 아는 힘입니다. 이것은 사전적 의미이고 제가 생각하는 철은 성숙을 의미합니다. 남자들이 성숙하지 못했기 때문에 나이가 들어서 어려운 일을 당하는 것입니다. 성숙 속에 담긴 의미는 스스로 책임감이 있고, 남을 이해할 줄 알고, 남을 사랑할 줄 알고, 참을 줄 아는 것입니다. 이해하고 사랑하고 참고 책임을 다하는 것, 이것이 성숙이요, 철든 것입니다. 철없이 살다 보니 여자들은 남자들을 한심하다고 생각했고, 젊었을 때는 참고 살았지만 나이가 들면서 반발심이 생기는 것입니다.

철들지 못한 것이 가정에 어떤 영향을 끼치는지 예를 들어 설명해 볼게요. 요즘 부부 동반 모임이 잦다 보니 부부가 같이 어떤 장소에 나가야 하는 경우가 많습니다. 모임에 가기 위해 아침 7시에 집에서 나가야 된다고 합시다. 아침이 되어서 부부가 동시에 잠자리에서 일어납니다. 그러면 남자는 준비하는 것이 굉장히 빠릅니다. 일어서자

마자 세수하고, 옷 입고, 넥타이 매고 빨리 가자고 나가서는 엘리베이터 버튼을 누릅니다.

그런데 아내는 집에서 떠나기 전 20~30분이 가장 바쁜 시간입니다. 왜냐하면 남편은 옷 입고 그냥 나가기만 하면 되지만, 아내는 일어나자마자 세탁기 돌리고, 부엌에 가서 가스 잠그고, 정신없이 여기저기 대충 치우고는 화장대 앞으로 뛰어가 그때부터 화장을 시작하기 때문입니다.

이때 성숙한 남편은 "여보, 내가 좀 도와줄까?"라고 말합니다. 그런데 남편들 열이면 아홉은 그냥 서서 "뭐해? 지금 엘리베이터 왔어. 이거 참, 당신 때문에 만날 지각하잖아. 여편네가 일찍 좀 일어나서 준비하지 뭐하는 거야?"라고 짜증을 냅니다. 그러면 대부분의 아내들은 "내가 30분 전에 일어나서 준비했어야 하는데 미안해요"라고 말하지 않습니다. "어지간히 뭐라고 하네. 내가 지금 놀아요? 다 알면서 도와주지는 못할망정 소리만 꽥꽥 질러 대고 왜 그래요?"라고 합니다. 이어지는 대화는 뻔합니다.

"아, 빨리 나와. 뭐하고 있어?"

"지금 내가 나가게 생겼어요? 어떻게 눈썹을 한쪽만 그리고 나가요? 마저 다 그려야지."

"아니 화장을 왜 이제 하고 있어?"

"지금 하지, 그럼 언제 해요?"

"시간 늦으면 안 갈 거야."

"그럼 가지 마. 나도 안 가."

남편은 화가 나서 문을 꽝 닫고 방으로 들어가 버리고, 짜증난 아내는 그 길로 백화점으로 나가 쇼핑을 하면서 카드를 긁습니다.

남편이 "여보, 괜찮아. 좀 늦으면 어때? 기다릴 테니 천천히 해"라고 말하거나 아내가 "미안해요, 내가 좀 더 서두르지 못해서"라고 말하면 싸움이 일어나지 않습니다. 그런데 남편은 남편대로, 아내는 아내대로 아무것도 아닌 것을 가지고 싸움을 일으킵니다. 성숙하지 못해서 그렇습니다. 성숙해야 합니다.

두 번째, 여자를 이해하지 못하기 때문입니다.

여자는 결코 약하지 않습니다. 여자는 독합니다. 여자가 한을 품으면 오뉴월에도 서리가 내린다는 말은 있어도, 반대의 경우는 없습니다. 여자는 누른다고 눌리지도 않고, 여자를 이겼다고 이긴 것이 아닙니다. 여자는 우격다짐해서 이길 수 없습니다. 여자는 힘에 약한 것이 아니고 감동에 약합니다. 그러므로 여자는 감동시켜서 이겨야 됩니다.

전쟁을 해서 성을 빼앗고 그곳에 있는 미인을 차지했다고 모든 것을 차지한 것이 아닙니다. 여자를 감동시켜야 여자를 이기는 것입니다. 신혼 초에는 우격다짐으로 아내를 이길 수 있습니다. 하지만 마흔이 넘어서는 남편이 눈에 힘을 주어도 아내는 꿈쩍도 하지 않습니다. 오히려 남편을 가소롭게 여깁니다. 그러니 가장 좋은 방법은 힘이 아닌 아내를 감동시키는 것입니다. 그러면 아내를 이길 수 있습니다.

세 번째, 남편들이 나이가 들어서 존경을 받지 못하는 이유는 실수 때문입니다.

왜 그토록 의기양양하던 남편이 아내에게 잡혀서 삽니까? '존경도 나에게서 나고 멸시도 나에게서 난다'는 말이 있습니다. '왜 나를 멸시하느냐?' 그 말도 맞지 않고, '왜 나를 존경하느냐?' 그 말도 맞지 않습니다. 존경할 수밖에 없기 때문에 존경하고, 멸시할 수밖에 없기 때문에 멸시하는 것입니다.

남편들이 가장의 권위를 잃어버리는 가장 큰 이유는 정신을 못 차리기 때문입니다. 매일 술을 마시고, 도박을 하고, 바람을 피우는데 어떻게 존경을 할 수 있겠습니까? 이런 남편은 가정에서 아무리 큰 소리를 쳐도 소용이 없습니다. 무시당할 수밖에 없습니다.

네 번째, 남편의 무능력 때문입니다.

그런데 사실 누구도 무능력한 사람은 없습니다. 능력의 방향을 잘못 잡았을 뿐입니다. 밤새도록 지치지도 않고 고스톱을 치는 사람이 있습니다. 대단한 능력의 소유자입니다. 만일 그 사람이 밤새워 계획된 일을 하면 단언컨대 큰일을 할 것입니다.

낚시를 좋아하는 사람 또한 마찬가지입니다. 이런 사람들은 월척 한 마리를 낚기 위해 일주일 정도는 너끈하게 밤을 새웁니다. 그것도 보통 능력이 아닙니다. 그렇지만 그 능력을 일하는 데 썼더라면 더 크게 성공했을 것입니다. 능력의 방향을 잘못 잡은 겁니다.

다섯 번째, 시대적 어려움 때문입니다.

세계는 바야흐로 철저한 경쟁 시대, 개인의 능력 시대로 돌입하고 있습니다. 능력이 없고 경쟁에서 지면 도태될 수밖에 없는 사회로 변해 버리고 말았습니다. 옛날에는 남편이 경쟁에서 밀려나 무능력한 모습을 보일지라도 여자들이 하늘같이 모시고 살았습니다. 그런데 지금의 현실은 그렇지 못합니다.

'반딧불족'이라는 말이 있습니다. 가족의 눈총에 못 이긴 남편이 한밤중에 아파트 베란다에 쪼그리고 앉아 담배를 피우는 모습이 멀리서 보면 마치 반딧불이 반짝반짝하는 것처럼 보인다고 해서 붙여진 이름입니다. 오늘날 남편들의 처지를 상징적으로 나타내 줍니다.

healing point

남편들에게 당부합니다. 시대가 변했습니다. 자신이 모든 것을 다 안다는 착각에서 벗어나야 합니다. 노년에 편한 사람들을 보면 공통점이 있습니다. 그건 바로 부부가 상의하면서 사는 사람들입니다. 노년에 고생하는 사람들에게도 공통점이 있습니다. 아내의 말을 안 듣고 남편 혼자서 고집을 피우는 사람들입니다. 남자가 변해야 하는 시대입니다.

많은 사람들이 실수하는 것

목사인 저 또한 결혼한 것을 후회한 적이 있습니다. 아내가 나빠서가 아니라 부부가 서로 잘 안 맞았기 때문이에요. 나쁜 쪽이 아니라 좋은 쪽으로도 안 맞는 경우가 있습니다. 그때 깨달았습니다. 아내가 남편에 대해 기대치가 너무 높다는 것을요.

아내 같은 경우는 성경에 나오는 위대한 사람 9명을 닮으라고 요구하였습니다. 한 사람만 닮으라고 한다면 어떻게든 해 볼 수가 있을 것 같은데, 역사에 큰 발자국을 남긴 9명을 닮으라고 하니 어떻게 그 기대치에 맞출 수가 있겠어요? 그것도 단점은 빼고, 장점만 닮으라고 한다면요.

그래서 결국 아내에게 말했습니다.

"아무래도 당신은 남자를 잘못 선택한 것 같아. 도저히 내 능력으로는 당신의 기대치를 맞춰 줄 수 없어."

그러면서 "내가 사는 길은 이혼밖에 없는 것 같아"라고 말했습니다. 그렇지만 그걸 참고 견디며 살아왔더니 여기까지 왔습니다. 지금도 제 책상에는 그 9명의 위인들 이름이 붙어 있습니다.

많은 사람들이 실수하는 것이 있습니다. 잠깐의 고비가 왔을 때 참지 못하는 것입니다. 대부분의 남자들은 사실 이혼을 원하는 것이 아닙니다.

서로 사랑할 때는 엔도르핀보다 4,000배 이상의 효과를 내는 다이돌핀이 사람 몸에서 분비된다고 합니다. 다이돌핀은 모든 걸 가능케 하는 마법의 호르몬입니다. 그래서 피곤을 모릅니다. 하지만 결혼을 하는 순간, 이 호르몬의 분비가 정상으로 돌아옵니다. 더 이상 분비되지 않아요. 결국 남자는 또다시 나에게 다이돌핀을 나오게 해 주는 새로운 여자를 찾는 경우가 생깁니다.

그런데 다이돌핀을 느끼는 건 한 번으로 족해야 해요. 너무 자주 원하면 끝없는 다이돌핀의 늪에 빠질 수밖에 없습니다.

결혼식에 주례를 서는 경우가 많이 있습니다. 그 자리에서 저는 행복감에 젖어 있는 신혼부부들에게 이런 말을 합니다.

"이렇게 좋을 때를 깨가 쏟아진다고 표현합니다. 물론 결혼이 주는 달콤함 때문이지요. 그런데 깨는 이틀 털면 나올 게 없어요. 깻대를 태워 봐요. 연기 때문에 눈과 코가 매워 눈물, 콧물 다 떨어져요. 주변에서 보는 대부분의 부부들은 이렇게 깻대를 태우면서 살고 있습니다."

현실을 알고, 그 현실에서 발생할 눈물, 콧물을 피해 보자는 뜻이지요.

요즘 아내들은 남편들의 성격이 나쁜 건 참아도 돈 없는 건 못 참는답니다. 이건 틀린 말이기도 하고 맞는 말이기도 합니다. 나이가 들면 일반적으로 아내들은 남편의 사랑 표현보다는 돈을 더 중요시하는 경향이 있습니다. 남편이 "여보, 내가 그동안 잘못 살았네. 당신밖에 없어"라고 표현하는 것도 좋아하지만, "나 때문에 정말 고생했어" 하면서 화장대 위에 돈 봉투를 놓고 나가는 것을 더 좋아합니다. 한마디로 사랑보다 돈이라는 거지요.

요즘 부부들 중에는 돈 때문에 이혼하는 경우가 많습니다. 남편의 경우 아내에게 자신의 재산을 제대로 공개하지 않는 경우도 많다고 합니다. 이러면 갈등이 생길 수밖에 없습니다. 그렇다고 해서 아내가 남편에게 "돈이야, 가정이야?"라고 물으면 안 됩니다. 잘못된 선택지입니다. 남편과 계속해서 결혼생활을 이어가고 싶으면 "당신, 그러면 안 돼"라고 말하고 끝내야 합니다. 답을 하나만 주어야 해요. 이혼으로 가는 선택지가 주어져서는 안 됩니다.

사랑을 주세요_ 35×26 종이에 수채,콘테 혼합기법

여자들은 '이혼'이란 말을 쉽게 하는 경향이 있어요. 이혼을 한 경우 "그 남자와 일찍 헤어지길 잘했어"와 "참고 살았어야 했는데 실수한 거 같아"라는 말 중에 어느 하나가 지배적일 수 있습니다. 그런데 사실 그 당시의 시점에서는 어떤 것이 정답인지 알 수가 없습니다. 이혼이 올바른 선택인지 아닌지 정말 모른다는 말이에요. 정말 신중한 선택이 필요합니다.

그리고 또 하나. 이혼 후에 또 다른 좋은 사람을 만나기는 그리 쉽지 않습니다. 아이라도 있다면 여자 혼자서 키우기도 쉽지가 않습니다. 따라서 위의 경우라면 다시 한 번 남편을 만나서 이야기를 잘 풀어 가는 것이 좋습니다. 서로 이해하고 같이 사는 것이 좋을 것입니다.

그렇다면 남편이 외도를 했을 경우 이혼을 선택해야 할까요? 남편이 외도를 처음 했을 때에는 대개 아내에게 미안해합니다. 하지만 아내가 화가 나서 상대 여자에게 손찌검을 하거나 해코지를 하면 남편은 오히려 아내에게 화를 냅니다. 적반하장이지요. 부부는 이성으로 사는 반면에, 간통한 여자와는 감정으로 얽혀 있기 때문에 이런 일이 벌어지는 것입니다. 불륜을 저지른 남편은 자신이 잘못한 것을 인정하면서도 아내가 상대 여자에게 성숙한 표현을 하길 기대하는 겁니다.

간통을 한 남편은 진심으로 미안한 마음으로 "여보, 미안해. 내가 잘못했어"라고 말해야 합니다. 그러면 많은 아내들이 한 번의 실수라고 생각하고 넘어갈 수도 있습니다. 이게 진짜 용기입니다.

하지만 대부분의 남편들은 이 상황을 얼른 무마시켜 버리고 싶어 합니다. 그래서 "사람이 살다 보면 그럴 수도 있지"라며 벌컥 화를 냅니다. 하지만 순간의 위기를 모면하기 위해 한 말이 아내에게는 평생의 상처로 남는다는 것을 알아야 합니다. 남편은 자신이 화가 난 것만 생각하지, 자신의 말과 행동으로 인해 아내가 얼마나 상처를 받을지 모릅니다. 그걸 언제 깨닫느냐 하면, 남편이 철들었을 때입니다.

healing point

남편이나 아내의 외도로 인해 힘들어하는 배우자가 있습니다. 많이 힘들 것입니다. 하지만 외도를 했다고 곧바로 이혼을 해서는 안 됩니다. 그러면 관계 회복의 기회가 상실되기 때문이에요. 상처가 심한 경우 "마음이 아픈데 왜 살아?"라고 생각할 수도 있습니다. 하지만 아픔을 이기고 살아야 할 또 다른 이유가 있습니다. 자녀입니다.

며느리와 시어머니

고부 갈등, 참으로 케케묵은 문제입니다. 그럼에도 당사자들에게는 참으로 풀기 어려운 문제입니다. 일반적으로 사람들은 시어머니보다는 며느리가 힘들 거라고 생각합니다. 며느리가 힘든 만큼 시어머니도 힘들다는 사실을 인식하지 못합니다. 하지만 내가 힘든 만큼 상대방도 똑같이 힘듭니다.

옛날에는 며느리가 시어머니 앞에서 숨도 못 쉴 정도로 거의 일방적이었습니다. 하지만 요즘은 그래도 며느리의 기가 엄청 살아나고 있습니다. 그래서 반대인 경우도 상당히 많아지고 있습니다.

지금의 시어머니는 괴롭고 억울합니다. 자신이 시집 왔을 때에 시어머니 밑에서 죽을 고생을 했기에 이제야 시어머니 노릇 좀 하며 살겠다 싶었는데 세상이 변했습니다. 며느리가 시어머니를 며느리

살이 시킨다는 말이 나올 정도입니다.

그래서 시어머니가 며느리를 미워하기도 합니다. 하지만 그 시어머니가 모르는 사실 하나가 있습니다. 미움을 받는 며느리보다 미움을 주는 시어머니 자신이 더 손해를 본다는 것입니다. 누군가를 미워하는 것은 자신에게 좋지 않습니다. 미움을 받더라도 미워하지는 말아야 합니다.

며느리를 미워하면 미워하는 시어머니의 삶이 무너집니다. 시어머니가 며느리하고 싸우는 일에 힘을 다 쏟아서 진짜 중요한 일은 하지 못합니다. 힘을 합해서 살아나가기도 힘든 세상에서 서로 싸우는 데 힘을 다 쏟는데 무슨 일을 할 수 있겠습니까?

그러니 생각을 조금 바꿔 보세요. 며느리가 미운 짓을 해서 밉다고 생각하지 말고, 시어머니인 내 속에 미움이 자리 잡고 있었다고 생각해 보세요. 대화로 풀어 나가면 아무런 문제가 없을 텐데, 속에 꿍하고 담고 있으니까 문제가 되는 것입니다.

며느리도 바뀌어야 합니다. 시어머니를 자주 찾아뵙지 못하면 전화 한 통이라도 해 보세요.

“어머니, 집에 일이 생겨서 못 들렀어요. 다음 주에는 꼭 가도록 할게요.”

그렇지만 대부분의 며느리들은 ‘못 가면 그만이지, 전화해서 뭐해.

야단만 맞을 걸'이라고 생각해 전화를 안 하는 것이 문제입니다.

절대 시어머니를 어렵게 생각하지 마세요. 내가 어려워할수록 한없이 어려워지고 관계가 힘들어집니다. 시어머니 또한 며느리를 어렵게 생각하지 마세요. 딸처럼 편안하게 대하면 관계가 나쁠 이유가 없습니다.

보통은 누군가가 나에게 무엇을 주면 좋고 안 주면 밉습니다. 반면에 주는 데도 미운 사람이 있고, 안 주는 데도 좋은 사람이 있습니다.

사람들은 자기가 잘하면 좋아하고 못하면 미움을 받는다고 생각합니다. 그렇지만 잘해도 미움을 받는 경우가 있고 못해도 사랑을 받는 경우가 있습니다.

여기에 중요한 비밀이 하나 있습니다. 내 속에 미움이 있고, 내 속에 사랑도 있다는 것입니다. 며느리든, 시어머니든 마음속에 미움이 있어서는 안 됩니다. 내 속에 미움이 있다는 것은 독을 품고 있는 것보다 더 나쁩니다. 항상 즐겁게 생각하세요. 며느리와 시어머니가 갈등이 있더라도 웃으면서 이겨 내세요.

healing point

부부 싸움을 하면 그 불똥이 시부모에게로 튀는 경우가 많습니다. 손주를 볼모로 전화 연락도 잘 안 합니다. 아들을 통해 상황을 알고 있는 시어머니 또한 며느리가 괘씸하다는 생각이 들어 손주 목소리를 듣고 싶어도 연락을 안 하게 됩니다. 시어머니와 며느리 양쪽 모두가 힘든 상황입니다. 하지만 이런 경우에는 시어머니가 철든 어른으로서 먼저 전화를 하는 편이 좋습니다.
"무슨 일 있니? 손주 목소리 듣고 싶어서 전화했다. 가끔 전화해 주면 좋겠다."
시어머니로서의 자존심만 세우면, 며느리의 자존심은 없나요? 먼저 내려놓는 시어머니가 되면 어떨까 합니다.

어머니의 보약과 아내의 보약

제 딸은 두 아이의 엄마입니다. 얼마 전에 일 때문에 미국에 잠깐 다녀오게 되었습니다. 아이들이 너무 어리니까 둘을 데리고 다니면 힘들까 봐 아내가 손녀들을 봐줄 테니 편히 다녀오라고 하였습니다.

낮 동안은 손주들이 잘 놀았습니다. 그런데 저녁이 되자마자 사단이 났습니다. 손주들이 "엄마, 엄마!"를 부르면서 눈물이 폭발했던 것이지요. 그 모습을 본 순간 이런 생각이 들었습니다.

'잘잘못을 떠나서 엄마는 있어야 한다.'

아이에게 엄마 없는 빈 공간은 너무 큽니다. 아이에게 잘 했는지 못 했는지도 중요하지만 엄마의 존재 자체가 주는 위안이 정말 소중합니다.

이런 엄마가 자식을 키우는 기간은 약 30년입니다. 그리고 장성한 자식이 누군가의 배우자로 살아가는 세월이 60여 년입니다. 둘 사이를 비교하면 배우자와 사는 기간이 더 길지만 엄마와 함께한 30년이 훨씬 더 중요합니다. 왜냐하면 제가 어머니와 아내라는 두 종류의 여자를 모두 겪어 본 결과, 아무리 훌륭한 아내도 엄마와는 분명한 차이가 있기 때문입니다.

직업 특성상, 제 전화기는 끊임없이 울려 댑니다. 밤 12시에 싸우다가도 찾을 정도니까요. 싸웠으면 112를 찾든지 해야지 왜 저를 찾는지 모르겠어요. 그곳에 가서 그 모든 상황을 수습하면 새벽 3시가 됩니다. 그런데 2시간 후 새벽 5시에 예배가 있습니다. 4시 30분이 되면 아내는 칼같이 저를 깨웁니다. 교인들은 제가 몇 시에 잤는지 모르지만 아내는 알잖아요? 이럴 때는 정말 피곤하고 답답한 마음이에요. 그러면 아내에게 이렇게 말하죠.

"오늘은 당신이 가서 설교를 좀 해 줘요. 어차피 교회에서 사례비 받은 거 같이 쓰면서 왜 나만 힘들게 일어나야 해?"

그러면 아내는 이렇게 반문합니다.

"교인들이 당신 기다리지 나 기다려요?"

그러면서 굴하지 않고 저를 끝까지 깨워 교회로 보냅니다.

반면에 어머니는 다릅니다. 명절이 되면 본가에 내려가서 자고 옵니다. 그럴 때마다 새벽기도에 가기 위해 "어머니, 내일 새벽에 꼭 깨워 주세요"라고 부탁을 합니다. 그러면 어머니는 "아들, 걱정 말고 자!"라고 말씀하십니다. 그런데 이게 웬일입니까? 눈 떠 보면 밖이 환합니다.

"어머니 왜 안 깨우셨어요?"라고 물어보면 어머니는 이렇게 대답하십니다.

"오늘 하루라도 푹 자라고."

위와 같은 경우에 이론상 제시간에 깨우는 아내의 행동이 정답입니다. 하지만 아들을 생각하는 마음은 어머니가 정답입니다.

엄마가 해 주는 보약은 먹고 힘을 내면 그만입니다. 만일 보약을 먹었는데도 힘이 안 나면 한의사가 욕을 먹습니다.

"이 놈의 한의사가 녹용을 써야 되는데 녹각을 썼구먼."

반대로 아내가 해 주는 보약을 먹고 힘을 못 쓰면 남편이 욕을 먹습니다.

"보약을 해 줘도 저 모양이야."

그래서 아내가 해 주는 보약은 안 먹는 게 좋을 때도 있습니다.

healing point

어린 시절, 어머니가 설거지를 하면서 "그릇 한 개만 닦아 볼래? 결혼하면 아내하고 이렇게 살림하면서 살 거라"라고 말씀하셨더라면 어땠을까요? 결혼 후에 아내하고 함께 설거지하는 게 자연스러웠을 것입니다.

하지만 어머니는 남자는 집안일을 하는 게 아니라고 30년 동안 가르쳤습니다. 어머니의 교육에 따라 남자의 가치관이 결정된 셈이지요. 어머니는 자식을 자식 그 자체로 가르쳤지, 남편이 될 부분을 간과하신 거예요.

아내는 '남편이 누군가의 아들'이었기에 그 아들을 남편으로 바꾸는 것의 이런 어려움을 인지하고 꾸준히 노력해야 합니다. 이미 그렇게 오랫동안 배워 온 사람을 다시 바꾸려면 인내가 필요하지 않겠어요? 결혼 후 아내는 34년을 노력해서 저를 부엌으로 끌어들였습니다.

아는 것과 모르는 것

결혼하더니 남편이 효자가 되지 않았나요? 이유가 뭘까요? 결혼 후에 아이를 낳고 아버지가 되어 보니 아버지가 자신을 키울 때의 심정이 느껴지면서 아들이 효자가 되는 것입니다.

결혼 전에 효자가 되긴 쉽지 않습니다. 미혼 때는 부모의 심정까지 헤아리긴 힘들기 때문이지요. 하지만 아이를 낳고 엄마가 되고 나면 엄마의 위대함이 가슴으로 와 닿고, 아들은 아버지의 감정에 영감을 얻으면서 효심이 만들어지는 거예요.

예전에 저는 부모에게 효도를 한답시고 전국 방방곡곡을 돌아다니면서 좋은 구경을 시켜 드렸습니다. 저는 부모님에게 효도를 했다고 확신했지요. 그러나 오히려 부모님은 화를 엄청 내셨습니다. 다리 아파 죽겠다고요.

첫 번째 효도가 실패한 후 작전을 바꾸어 영화를 보여 드렸습니다. 할리우드 대작 영화를 줄줄이 보여 드렸습니다. 그런데 코를 골며 주무시는 게 아니겠어요? 어머니는 "알아듣지도 못하는 데 어떻게 영화를 봐?"라며 또 화를 내셨습니다. 부모님 입장에서는 영화 진행이 너무 빠르고 어렵기만 했던 것이지요.

나중에 가서 뒤늦게 효도의 의미를 찾았습니다. 그저 부모님과 함께 앉아서 편안히 보내는 일상의 시간이 소중하다는 것을요. 부모의 마음을 헤아리는 것이 진정한 효도라는 것을 깨달았습니다.

안다고 하는 것이 모르는 것이고, 모른다 하는 것이 아는 것입니다. 자신이 효자라고 생각하면 진정한 효자가 아닙니다. 불효자라고 느낄 때 비로소 효자가 된 것입니다. 한 문제 틀린 아이는 괴로워서 밥을 안 먹습니다. 알았는데 실수로 틀렸기 때문입니다. 그러나 많은 문제를 틀린 아이는 아무 상관없이 밥을 먹습니다. 어차피 고민해 봐야 모르기 때문입니다. 그런 의미에서 자신이 효자라고 생각하는 사람은 어쩌면 진짜 효에 대해 모르는 부분이 많을 수도 있습니다.

반대로 부모의 자식에 대한 내리사랑 또한 변질되어 가고 있는 경우를 많이 봅니다. 옛날에는 자녀들이 많다 보니 부모의 존재가 귀중했습니다. 특히 자연스럽게 아버지의 권위가 형성되었지요. 아이들이 떠들고 있으면 "아버지 주무시는데, 어디서 떠들어? 나가서 놀아!"라고 말을 할 수 있었지요. 식사시간에도 남편의 권위를 아내가 살려 주었습니다. 아버지가 수저를 들기 전에 절대 음식에 손을 못 대게 한 것이지요.

하지만 지금은 어떤가요? 출산율이 줄어들다 보니까 남편보다는 자식에게 마음을 쏟는 아내들이 많아졌습니다. 그러다 보니 결혼 시킨 후, 며느리에게 아들을 뺏겼다고 생각하는 시어머니가 많습니다. 하지만 아들을 뺏긴 게 아니라 며느리에게 맡긴 것입니다.

저는 제 딸이 시집갈 때 많이 울 줄 알았습니다. 그런데 딸이 사윗감을 처음 집에 인사시키려 데려왔는데, 정말 마음에 들었어요. 그래서 "지금까지는 내가 맡아서 키웠지만 앞으로는 자네가 내 딸 잘 맡아서 돌봐 주게"라고 부탁하였습니다. 아버지 입장에서 사위가 오히려 고맙게 느껴졌습니다. 사위가 딸을 빼앗아 갔다는 생각부터 버려야 합니다. 지금부터라도 며느리와 사위에 대한 개념 설정을 다시 합시다.

healing point

무엇보다 좋은 효도는 부부가 행복하게 사는 것입니다.
그것 이상을 바라는 부모를 본 적이 있나요?

아내들이
모르는 것

보통 "여자보다 남자가 바보"라는 게 맞는 말 같습니다. 여자들은 동시 다발적으로 활동하는 것이 가능하기 때문이죠. 한마디로 멀티 플레이어입니다. 그래서 설거지하면서 텔레비전도 보고 전화 통화도 가능한 것이 여자입니다.

아내는 남편에게 일을 이렇게 시킵니다.

"여보, 마늘 좀 까 줘요."

그리고 5분 뒤에 "여보, 나 저 칼 좀 가져다 줘요"라고 합니다. 그럼 남편이 이렇게 버럭 화를 내죠.

"지금 나 마늘 까고 있는 거 안 보여?"

남자는 보통 한 번에 딱 한 가지 일에만 몰두할 수 있어요. 아내 입장에서는 이런 남편이 바보처럼 보일 수 있지요.

아내들이 남편에 대해 이해할 수 없는 게 또 있습니다. 아내가 밥

이랑 반찬이랑 다 해 놓고 외출했다가 집으로 돌아오면 남편은 배가 고픈데도 아무것도 안 먹고 있거나 라면만 끓여 먹고 나서는 소파에 누워 있는 거지요. 그러면 아내는 식사를 다 차려 놓고 나갔는데 왜 그걸 찾아서 먹지 않았느냐고 잔소리를 합니다.

그런데 아내들이 모르는 게 하나 있어요. 아내들은 매일 사용하는 냉장고와 친숙합니다. 반면에 보통의 남편들은 냉장고에서 물건 하나 찾는 게 쉽지 않아요. 전부 뚜껑이 다 덮여 있는 상태이기 때문이지요. 그걸 하나하나 다 일일이 꺼내서 확인하는 게 남자들에게는 보통 어려운 일이 아니에요. 남자 입장에서는 익숙하지 않은 물건이니 손이 안 가는 게 인지상정이지요. 그러니 문을 슬며시 닫고 기다리는 게 낫겠다는 판단을 합니다. 아내에게는 친숙한 물건이 남편에게는 연구할 대상이 되고 마는 어처구니없는 상황이 펼쳐질 수밖에 없지요.

주식을 하는 남자들이 있습니다. 사실 그 남자도 주식에 대한 정보가 무지한 상태입니다. 그런데 어느 한 사람이 주식으로 돈을 벌었다는 소문이 나면 많은 남자들이 주식에 몰빵(?)을 하는 경향이 있습니다. 무리 속에 있다 보면 분위기에 따라 의문이 확신으로 돌변하기 때문이지요.

물론 무리한 경우가 아니면 괜찮습니다. 하지만 1명이 성공하면

999명이 울어야 하는 것이 주식입니다. 그런데 1명의 성공 신화에 도취되어 999명이 실패한 이야기는 잊어버립니다. 그 놈의 한 방 때문에 말이에요. 여자는 999명이 울었다는 이야기에 집중하고, 남자는 1명이 웃었다는 이야기에 도취됩니다. 남자는 그 1명이 자기가 될 거라고 믿어 버리는 것이지요.

현재 은행 이자가 1~2퍼센트입니다. 옛날보다 많이 낮아졌지요. 왜 이렇게 은행에서 이자를 낮게 주느냐 하면 금고에 수조 원을 쌓아 놓고도 1~2퍼센트를 주고 나면 남는 게 없기 때문이에요. 하물며 일개 개인이 혼자의 힘으로 수십 배의 수익을 쉽게 낼 수 있겠어요? 지금 같은 시대엔 그야말로 하늘의 별따기라고 할 수 있죠.

그런데 가끔 그렇게 해서 돈을 번 사람이 있습니다. 그야말로 1퍼센트 사람들의 이야기이자, 기적입니다. 그런데 이런 기적 같은 행운에 대부분의 남자들이 의지합니다. 그때부터 불행은 시작됩니다. 결국 욕심 때문입니다. 욕심이 내 마음속에 잠재되어 있으면 헛된 말도 내게 솔깃하게 들려옵니다. 불필요한 욕심 때문에 한순간에 바보가 되는 겁니다.

먹을 것을 잔뜩 차려 놓았을 때 배부른 사람은 그냥 지나치지만 배고픈 사람은 그 식탁을 기웃거릴 수밖에 없습니다. 욕심이 많다는 것은 좋게 말하면 꿈이 많은 거지만 나쁘게 말하면 잘 걸려드는 것입니다. 일반적으로 남자보다 여자의 욕심이 적습니다. 그리고 아내는 정신이 온전합니다.

남자들은 대개 의리가 중요하다고 말합니다. 하지만 여자들은 보통 의리보다 손익을 따집니다. 그래서 "의리가 밥 먹여 줘? 앞으로 그 사람 만나지 마"라고 단호하게 말합니다.

"걔는 내가 어렸을 때부터 사귀어 온 친구야. 돈으로 따질 수 없는 게 사나이들의 우정이라고. 돈 때문에 그 친구를 지금 안 만난다는 것은 말이 안 되지."

남자의 말입니다. 하지만 의리 때문에 한순간에 돈 잃고 바보가 되는 거지요. 그래서 의리와 욕심 앞에서 갈등을 느낄 때 아내 말 듣는 게 낫다고 판단하면 철이 든 남편인 것입니다. 일반적으로 고집 피우는 남편 말대로 해서 잘된 집안이 없습니다.

healing point

돼지는 결코 밀어서는 안 넘어집니다. 긁어야 넘어집니다. 살살 긁어 주면 네 다리를 다 들어 배를 보이는 것이 돼지란 놈입니다. 이런 돼지를 여우가 못 다룬다면 그건 여우의 잘못입니다.
그러니 남편이 말을 안 듣는다면 그걸 탓하지 말고 아내 자신이 남편을 다루는 데에 문제가 있는 건 아닌지 한번 생각해 봐야 합니다. 훌륭한 여우에게는 돼지를 다룰 줄 아는 기술이 있습니다.

난 니가 이 세상에서 제일 좋아!_ 20×29.2 혼합기법

기쁨이 남느냐,
후회가 남느냐

사람 중에는 예쁜 사람도 있고, 미운 사람도 있고, 꼴 보기 싫은 사람도 있습니다. 이 말을 다시 뒤집어 보면, 상대방은 예쁜데 내가 밉게 보는 사람도 있고, 객관적으로는 미운데 내가 예쁘게 보는 사람도 있다는 말입니다.

이건 내 문제입니다. 얼굴이 못생긴 사람도 내가 예쁘게 보면 예쁘게 보이고, 얼굴이 예쁜 사람도 내가 밉게 보면 못생겨 보이기 때문입니다. 같은 사람이 예쁘게 보일 때도 있고, 밉게 보일 때도 있습니다. 이것도 내가 예뻐했다가 미워했다가 하는 데서 발생하는 문제입니다.

살다 보면 속상할 일이 많습니다. 하지만 이 세상의 그 무엇도 내 마음을 상하게 할 만큼 중요한 것은 없습니다. 마찬가지로 부부가 함께 살지 못할 별의별 이유를 다 더한다고 해도, 함께 살아야 할 무게만큼은 되지 못합니다. 부부가 헤어져야 할 이유가 1,000가지가 넘는다 하더라도 함께 살아야 할 1가지 이유가 그 1,000가지보다 더 무게가 나간다는 말입니다. 부부의 삶은 단순히 숫자로만 따지는 것이 아닙니다.

이 세상에 부모만큼 좋은 존재는 없습니다. 더우면 더위 먹을까, 추우면 동상 걸릴까, 바람 불면 날아갈까 키우고 기르는 게 부모이기 때문입니다. 그런데 때가 되면 부모보다 더 귀중한 존재가 생깁니다. 그게 바로 남편과 아내입니다. 이런 부부 사이에서도 서로 알고 지켜야 할 도리가 있습니다.

일반적으로는 남자가 이성적이고, 여자가 감성적입니다. 하지만 반대인 경우도 있습니다. TV 속 드라마의 슬픈 장면을 보면 남편이 먼저 눈물을 흘립니다. 그런 남편을 보면 아내는 "아이고, 우리 여보, 슬프지?"라고 말해 주어야 하는데, "저런 게 남자야?" 하면서 흉을 보는 경우가 있습니다. 남편 또한 아내를 보고 "어떻게 저런 장면을 보고 눈물 한 방울 안 흘리지?"라며 기가 차다는 표정을 짓습니다. 이런 것이 쌓여서 앙금이 되고, 결국 서로에 대한 이해보다는 담벼락이 만들어집니다.

이 경우에는 남편의 잘못인가요, 아니면 아내의 잘못인가요? 둘

다 잘못이 없습니다. 이건 옳고 그름이 아니라 다를 뿐이기 때문입니다. 이해는 안 되지만 이해해 주면 문제는 쉽게 해결됩니다. "이해가 안 되는 걸 어떻게 이해합니까?"라고 반문할 수 있어요. 하지만 그건 자기 방식대로 생각했기 때문이에요. 상대 배우자의 입장에서 보면 이해가 됩니다. 다른 것과 틀린 것을 구분하지 못하는 무지에서 벗어나야 합니다.

부부가 결혼에 이르는 과정은 제각각입니다. 중매로 결혼한 사람도 있고, 소개로 만나서 연애를 하고 결혼에 이른 부부도 있습니다. 또한 연애결혼을 한 부부도 있습니다. 과정은 어떻더라도 결혼에 이르기 전에 뜨거운 사랑을 경험해 봤으면 합니다. 이것이 없다면 같이 살기는 할지라도 안타까운 일 같습니다. 실제로 결혼생활을 하면 내내 뜨겁게 사랑할 수는 없으니까요.

모든 부부가 '로미오와 줄리엣'처럼 내내 뜨겁게 사랑한다면 오히려 이혼할 가능성이 높습니다. 음식을 매번 꿀처럼 달콤한 것만 먹을 수 있나요? 별다른 맛이 없어도 그걸 먹고 건강을 유지하며 살아가듯, 부부 또한 때로는 며칠 안 봐도 괜찮고, 별다른 대화를 하지 않고도 무덤덤하게 살아가는 것이 꼭 잘못된 것만은 아닙니다.

바람나는 부부는 대개 이런 권태를 이기지 못한 경우입니다. 그러나 부부가 되었으면 참된 맛과 변질된 맛은 구분할 수 있어야 합니다. 참된 기쁨은 좋은 것이지만, 변질된 기쁨은 나쁜 것입니다. 부부가 뜨겁게 사랑해서 생기는 오르가슴은 최고의 기쁨을 주지만, 불륜을 저지르는 사람들 사이에서 일어나는 오르가슴은 변질된 기쁨이라 병이 됩니다. 그저 지금 기쁘다고 해서 다 좋은 것이 아닙니다. 지나고 나서 기쁨이 남느냐, 후회가 남느냐로 진실을 판단할 수 있습니다.

부부는 깨끗하게 지켜져야 합니다. 돈이나 성공보다 깨끗함이 무너질 때 부부 또한 무너집니다. 부부의 꿈이 무엇입니까? 돈을 많이 벌어 부자가 되는 것입니까, 성공하여 명예를 얻는 것입니까? 그것도 중요하지만 먼저 그 전에 깨끗한 사람, 흠이 없는 부부가 되었으면 합니다. 이것이 참된 부부이기 때문입니다. 행복과 성공은 사랑의 본질 속에 숨겨져 있습니다.

healing point

사람들이 왜 사랑에 대해 고민할까요? 자기 마음대로 조절되지 않기 때문입니다. 사랑이 불현듯 찾아오고, 이것이 자기 마음대로 되지 않을 때 사람들은 고통스러워합니다. 그래서 어떤 면에서 사랑은 수동적일 수밖에 없습니다. 그런 마음으로 상대를 바라봅시다.

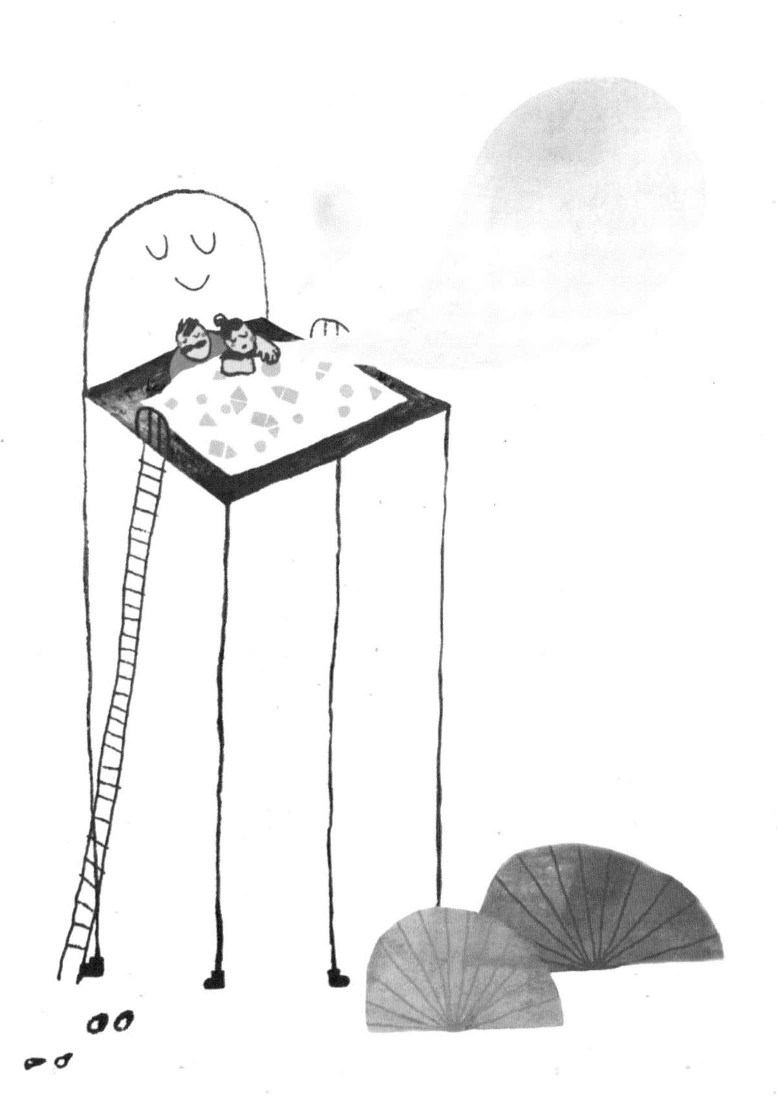

4장

행복을 유지하는 결혼생활

다시 돌아오지 못할 황홀한 인생을
아름답게 살아가려면
인생을 단면으로만 보지 말고 양면으로 보세요.
양면으로 보아도 풀리지 않으면
사면으로 보세요.
그러면 인생이 더 즐거워집니다.

길게 보아야 하는 인생

사람과 신이 다른 점이 있습니다. 사람의 시간은 흘러갑니다. 미래가 있고, 현재가 있고, 과거가 있습니다. 이 세 가지 시간 속에서 사람들은 살아가는데, 가만히 생각해 보면 과거와 미래는 있는데 현재는 없는 것입니다. 현재는 순간순간 이미 과거가 되어 버리기 때문입니다.

그런데 신의 시간은 인간의 그것과 다릅니다. 인간의 시간이 가로로 흐르는 반면 신의 시간은 세로로 흘러갑니다. 그래서 신의 시간은 항상 현재입니다. 신은 영원한 세계 속에서 살고, 인간은 시간의 흐름 속에서 살아갑니다. '신선 노름에 도끼자루 썩는 줄 모른다'는 말이 있습니다. 현재에 머물러 있기 때문입니다.

사람은 흐르는 시간 속에서 80년, 조금 더 많으면 100년의 세월을 살아갑니다. 성질 급한 사람은 그보다 더 일찍 세상을 마감합니다. 이렇게 인간은 태어나서 80년 내지 100년을 살다가 죽으면서 인생을 끝냅니다. 코로 호흡하고 사는 삶이 끝나는 것입니다.

신의 관점에서 이 시간을 따져 보면 바닷물에 잉크 한 방울 번지듯 흔적도 남지 않는 그야말로 찰나의 시간입니다. 영원 속에서는 그 세월이 한순간도 안 되는 겁니다. 그런 짧은 시간 속에서 인간은 아옹다옹하면서 살아갑니다.

80년 인생을 산다고 봤을 때 부부가 함께 사는 시간은 50년 정도가 됩니다. 그나마 남자가 여든 살까지 같이 살아야 50년이지, 그렇지 못하면 얼마나 함께 살지 알 수 없습니다. 그럼 한번 생각해 보세요. 50년이라는 그 짧은 시간을 행복하게 살아도 아쉽지 않겠어요?

사람은 미래를 모릅니다. 미래를 알면 실수하는 삶을 살지 않겠죠. 도박하는 사람이 자신의 판돈을 모두 잃는다는 것을 미리 안다면 아마도 도박에 빠지지 않겠죠. 교통사고 나서 하반신 마비가 된 사람이 미리 알았다면 그런 사고를 냈겠습니까? 미래를 모르기 때문에 실수를 하는 겁니다.

그렇다면 미래를 모르는데 어떻게 해야 좋은 삶을 살 수 있을까요? 간단한 방법이 있습니다. 지금 바로 살면 미래는 좋아지게 됩니다. 지금 바로 살지 못하기 때문에 미래가 좋지 못한 것입니다. 인생은 멀리 볼 것도 없습니다. 지금 올바로 살면 인생은 잘살게 되어 있습니다.

물론 인생에는 굴곡이 있습니다. 행복하게만 살면 좋지만 살다 보면 좋은 일도 있고 나쁜 일도 있게 마련입니다. 그러나 당장 불행해 보이는 삶도 올바르게 살다 보면 나중에는 웃는 얼굴로 바뀝니다.

그런데도 사람들은 인생을 자꾸 끊어서 보려고 합니다. 인생을 전체로 길게 보아야 하는데 순간순간으로 짧게 끊어서 본다는 말입니다. 지금 좋다고 나중의 삶도 술술 풀릴 줄 아는 사람들이 많은데, 그것은 착각입니다. 반대로 지금 나쁘다고 계속 나쁠 것이라고 생각하지만, 그것도 결코 그렇지 않습니다. 좋을 때가 있고 나쁠 때가 있습니다.

인생이란 지나고 나면 추억이 됩니다. 그 추억은 고통스러울수록 아름답습니다. 남자들에게 가장 고통스러운 순간을 떠올려 보라고 하면 대부분 군대 시절이라고 합니다. 하지만 일단 그 힘들었던 곳에서 제대해 보세요. 남자들이 모였다 하면 주로 하는 이야기가 여자들이 가장 싫어한다는 군대에서 축구한 이야기입니다. 20, 30년이 지나도 군대 얘기를 합니다.

그렇다면 남자들은 힘들었던 군대 얘기를 왜 할까요? 그때 당시에

가족 마실_ 35×26 혼합기법

는 힘들었지만 지나고 나니 그것이 추억이 되었고, 그 추억이 아름답게 느껴지기 때문입니다.

이를 결혼생활에 대입해 보세요. 부부가 만날 싸워서 힘들다, 그래서 못 살겠다고 생각하지 말고 '추억이 되려고 오늘 이렇게 사는구나'라고 생각해 보세요. 오늘을 오늘 보지 말고 내일 보면 오늘은 추억이 되는 것입니다. 시각을 조금만 달리 해 보십시오.

부부도 계속 사랑만 하고 살 수는 없습니다. 그렇다고 계속 싸우기만 하고 살 수도 없습니다. 사랑하다가 싸우게 되고, 싸우다가도 사랑하게 되는 것이 부부입니다. 인생을 끊어서 보지 말고 전체로 보면 이해가 될 겁니다.

고운 정만 정이 아니라 미운 정도 정입니다. 놀라운 사실은 부부가 사랑해서만 같이 사는 것이 아니라 미워하면서도 같이 산다는 것입니다. 고통도 추억으로 여긴다면 그 사랑은 얼마나 추억이 깊을까를 생각해 봅시다.

healing point

인생이란 본래 하루를 사는 것처럼 열심히 살아야 합니다. 반면에 영원히 이 땅에서 살 것처럼 여유 있게도 살아야 합니다. 영

원 앞에 인생은 한없이 짧으나, 그 짧은 인생은 또한 다시 돌아올 수 없는 황홀한 것입니다. 다시 돌아오지 못할 황홀한 인생을 아름답게 살아가려면 인생을 단면으로만 보지 말고 양면으로 보세요. 양면으로 보아도 풀리지 않으면 사면으로 보세요. 그러면 인생이 더 즐거워집니다.

제대로 된 인생이란

우리나라가 선진화되면서 여러 가지 사회병리적 현상이 나타나고 있는데, 그중 하나가 이혼율의 급증입니다. 현재 우리나라의 이혼율은 세계 1위입니다. 특별한 이유가 있어서 이혼하는 것이 아니라, 사소한 갈등 때문에 부부가 갈라서는 경우가 많습니다. 문제가 있는 것이지요.

부부가 살다 보면 많은 어려움에 부딪히게 됩니다. 같이 살면서 한 번도 이혼을 생각해 보지 않은 부부는 아마도 없을 것입니다. 생각은 다 해 봤지만 실천을 안 하고 사는 것뿐입니다. 물론 이혼을 한 사람에게는 위로가 필요합니다. 하지만 이혼을 생각하는 사람에게는 위로가 아니라 경고가 필요한 시점입니다.

길거리를 지나다 보면 가출한 청소년들을 심심치 않게 볼 수 있습니다. 그중 적지 않은 아이들이 범죄의 길로 들어서면서 사회문제가 되고 있습니다. 그런데 문제 있는 아이들을 조사해 보면 많은 경우 부모에게 원인이 있다고 나타납니다. 부모가 문제를 가지고 있을 때 자식을 통해서 나타나는 것입니다.

가출한 청소년들을 붙잡아 가정에 돌려보내려 해도 받아 주지 않는 부모도 상당수라고 합니다. 파출소에서 아이들을 찾았으니 데려가라고 전화하면 그 아이를 모른다고 하는 부모도 있다는 것입니다. 그러니 아이들은 돌아갈 곳을 찾지 못한 채 또다시 거리를 배회하게 됩니다.

아이들을 위해서라도 이혼은 다시 생각해 봐야 합니다. 이혼 과정에서 생길 후유증을 생각해 보세요. 이혼하면 아이들은 어떻게 합니까? 부모 자신이 좋자고 갈라서서, 아무 죄 없는 아이들에게 결손가정의 멍에를 씌우겠습니까? 아이들 가슴에 멍이 들게 하는 것은 부모의 도리가 아닙니다. 부디 자식을 생각해서라도 참으세요. 조금 더 참고 아이들의 앞길을 열어 주는 것이 낫지 않겠습니까?

예전에 텔레비전에서 드라마 한 편을 봤습니다. 남편은 굉장히 순수한 소년과 같은 마음으로 살기를 원하는데, 아내는 얼마나 엄격하고 무서운지 『B사감과 러브레터』에 나오는 사감 선생 같았습니다.

남편은 낚시도 하고 싶고, 춤도 추고 싶고, 아내와 함께 여행도 가고 싶은데 아내는 남편의 의견을 철저하게 무시하는 것이었습니다. 결국 남편은 기 한번 제대로 펴지 못하고 한평생을 눌려서 살았습니다. 급기야 이것이 병이 되어 죽음을 앞두게 되었습니다.

그래서 아들이 아버지의 병을 고쳐 보려고 전국에 소문난 명의를 찾아다녔습니다. 그러는 동안 한 가지 사실을 알게 되었습니다. 아버지가 비록 몸은 늙었지만 마음만은 아직도 청년이라는 것이었습니다. 언제나 청춘처럼 살고자 했던 아버지의 마음을 알게 된 아들은, 아버지가 그동안 말도 못하고 가슴에 묻어 둔 50년의 한을 풀어 드리고 싶었습니다.

그래서 아들이 어머니에게 사정을 했습니다.

"어머니, 아버지가 이제 암에 걸려서 오래 못 사십니다. 그러니 이제 아버지 하자는 대로 춤도 배우고 그러세요."

그러자 어머니는 반문하였습니다.

"흉측스럽게 그런 소리 하지 마라. 이 나이에 무슨 춤이냐? 나는 그런 짓 못한다."

그럼에도 아들은 어머니를 계속 졸랐습니다. 그러자 어머니가 아들의 뺨을 때렸습니다. 아들은 화를 내면서 일어섰습니다. 그 광경을 보고 있던 아버지가 한쪽으로는 부인을, 다른 한쪽으로는 아들을 껴안고는 이렇게 말했습니다.

"내 앞에서 이러는 모습이 너무나 보기 안 좋다. 이 녀석아, 어머니에게 대들지 마라. 잠깐도 견디기 어려우냐? 나는 50년 세월을 참고 살았다. 나는 50년을 참았는데 너는 잠깐을 못 참고 어머니한테 대드느냐? 나는 어머니에게 대드는 네 모습이 마음에 안 든다."

이 말을 마친 아버지는 결국 눈물지으면서 눈을 감았습니다.

물론 드라마 속 얘기이지만, 남편은 50년을 살아오면서 이혼하고 싶은 마음이 전혀 없었을까요? 아마도 수십, 수백 번은 되었을 것입니다. 하지만 이혼하고 재혼한다 하더라도 지금보다 더 좋은 배우자를 만난다는 보장이 없습니다. 앵앵거리는 고양이를 피하려다가 "어흥" 하고 덤비는 호랑이를 만날 수도 있습니다. 잘 맞든 안 맞든, 죽네 사네 하면서 지금까지 살아오지 않았습니까?

함께 살아왔다는 것을 단순하게 생각해서는 안 됩니다. 지금까지 살아온 것이 그냥 살아온 것이 아니기 때문입니다. 무엇인가 맞으니까 살아온 것입니다. 지금의 남편(아내)과 헤어져서 다른 남자, 다른 여자를 만난다고 월등하게 좋을 것 같습니까? 그렇지 않습니다. 새로운 삶을 시작할 때의 노력 절반만 지금 쏟아 부으면 훨씬 더 참기도 쉽고 행복해집니다.

혼자 살면 된다고 하는 사람들도 있습니다. 그런데 그건 혼자 살아보지 않아서 하는 소리입니다. 한마디로 제대로 된 인생을 모르는 것입니다. 혼자 사는 것보다 둘이 사는 것이 훨씬 낫습니다. 살갑게 아옹다옹할 사람이 바로 옆에 있다는 것은 정말로 감사한 일입니다.

물론 혼자 잘 사는 사람도 있습니다. 원래 혼자 살았던 사람은 혼자서도 잘 삽니다. 그러나 둘이 살다가 혼자가 되면 혼자 사는 것이 정말로 어렵습니다.

healing point

나무가 좋으면 열매도 좋습니다. 나무가 부실하면 열매도 안 좋습니다. 그런데 꼭 그런 것만은 아닙니다. 나무는 좋은데 좋은 열매가 안 열리는가 하면, 나무는 부실한데 좋은 열매를 맺기도 합니다.
보통 사람들은 결과, 즉 현상을 봅니다. 하지만 현명한 사람은 과정, 즉 본질을 봅니다. 그러니 좋은 열매를 맺는 것에 신경 쓰지 말고, 먼저 좋은 나무가 되십시오. 부부 사이에도 마찬가지입니다. 남편이나 아내를 좋게 바꾸려 하지 말고, 먼저 좋은 사람이 되도록 노력하십시오.

조금만 더 참으세요

이혼이 가져오는 결과들을 한번 생각해 보세요.

첫째로, 이혼을 한 사람은 자신도 모르게 스스로를 합리화하려고 합니다. '상황이 그랬어, 어쩔 수 없는 경우도 있지 뭐'라고 혼자 속으로 생각합니다. 그러면서도 마음속으로는 불편해합니다. 사실 남들은 크게 신경 쓰지 않는데, 혼자 스스로 움츠러드는 것이 더 문제입니다.

둘째로, 흔히 더 나은 재혼을 생각하는데, 재혼이 훨씬 더 어렵습니다. 가장 예쁘고 멋진 미혼 시절에 만난 배우자도 맘에 들지 않아 이혼을 했는데, 이제 아이까지 딸린 사람이 얼마나 더 좋은 배우자를 만나겠어요?

재혼을 생각하는 사람들은 새로운 배우자감을 두고 그전과는 달리 이번에는 정말 서로를 사랑한다고 말합니다. 하지만 사랑을 잘 알아야 합니다. 그런 사랑은 이혼 전 배우자에게도 있었습니다. 사랑하는 기간이 길지 않아 잊어버린 것입니다. 전혀 사랑하지 않는데 결혼한 것은 아니지 않습니까? 뭔가 괜찮은 것 같다는 마음에서 시작된 사랑이 아주 조금이라도 있었습니다.

그런데 살다 보니 사랑이 식고 미움만 남은 것입니다. 그렇다면 지금 사랑해서 재혼하려고 하는 사람도 결혼해서 살다 보면 언젠가는 사랑이 식지 않을까요? 그때는 어떻게 하실 건가요?

셋째로, 재혼하는 것이 어려우면 혼자 살면 된다고 쉽게 말하는데, 혼자 사는 것이 생각처럼 쉽지만은 않습니다. 혼자 사는 노력의 절반만 기울이면 이혼하지 않고 행복하게 살 수 있습니다.

넷째로, 이혼 후 자녀들이 받을 상처는 어떻게 합니까? 얼마 전 제가 3군 사령부에 다녀왔습니다. 집회가 끝나고 다과를 들면서 여러 장군들과 대화를 나누었습니다. 그중 한 분이 자신이 지휘하고 있는 사병들에 관한 이야기를 들려주었습니다.

"부모가 돌아가시고 안 계신 사병들은 비교적 착하게 살려고 애를 많이 쓰는데, 부모가 이혼해서 가정이 무너진 사병들은 걷잡을 수 없는 말썽을 피우는 경우가 많습니다."

부부야 서로 좋아서 만났다가 싫어져서 헤어진다고 하지만, 그 상처를 가지고 평생을 살아가야 할 아이들은 어떻게 합니까?

회사가 직원을 채용할 때 이력서와 자기소개서를 받습니다. 이력서에는 학력과 경력을 다 기재해야 합니다. 여러분이 인사담당자라면 한 곳에서 성실하게 일한 사람과 여기저기 뜨내기처럼 떠돌아다닌 사람 중 누구를 뽑겠어요? 이력은 깨끗할수록 좋습니다.

신혼 초에는 밥을 태워도 괜찮습니다. 사랑하니까 문제가 되지 않습니다. 그런데 5년 정도 지나면 사랑이 식습니다. 남편은 일이 바빠 사업과 직장으로 마음을 빼앗기고, 아내는 아이를 키우느라 자식에게 마음을 빼앗깁니다. 서로를 향한 사랑도 없이 그냥 사는 것입니다.

그러다 보니 의견 충돌이 생깁니다. 사랑할 때는 괜찮았는데 사랑이 식어 다투게 되면, 서로가 정말 보기 싫어집니다. 단순한 다툼이 아니라 진짜 싸움이 되고, 울고불고 난리가 나는 것입니다. 그런 뒤 헤어지자고 하는 것입니다. 더 이상은 안 맞아서 못 산다는 것입니다.

흔히 성격 차이가 이혼 사유입니다. 또 권태기라서 함께 사는 것이 의미가 없다고 합니다. 그렇지만 어떻게 평생 설레겠습니까? 무덤덤해야 사는 것입니다. 물에 특별한 맛이 있으면 큰일입니다. 아무 맛도 없기 때문에 물리지 않고 마실 수 있는 것입니다.

신혼 초에 있던 설렘이 결혼생활을 한참 한 중년에는 없습니다. 왜 그럴까요? 시기에 맞는 사랑이 있기 때문입니다. 처음에는 설렘으로 만났지만 서로가 서로를 사랑하고 아껴 주면서 덕과 사랑으로 어우러진 맛을 내는 것이 결혼입니다. 맛도 두 가지가 있습니다. 건더기 맛이 있고, 우러난 진국 맛이 있습니다. 나이가 들수록 진국 맛, 진국 사랑으로 사는 것입니다.

결혼하면 한없이 설레기만 하는 것이 아닙니다. 길어야 20년입니다. 그 기간을 설레겠다고 가정을 깨뜨리는 희생을 감수하겠습니까? 지금까지 참았으니 조금만 더 참으세요.

healing point

저는 어릴 때 환타가 너무나 맛있어서 어른이 되면 돈을 많이 벌어 환타에 밥을 말아 먹고, 물 대신 환타를 마시면서 살고 싶었습니다. 하지만 제가 계속 환타만 마셨다면 지금 살아 있겠습니까? 환타병(?)에 걸려서 죽었을 것입니다. 밥이 특별한 맛이 없으니까 질리지 않고 매일 먹을 수 있는 것처럼 부부 사이도 그렇습니다.

내가 이혼하지 않는 이유

저 역시 결혼생활을 하는 동안 한 번도 후회가 없었다면 거짓말일 것입니다. 돌이켜 보면, 우리 부부의 사이가 나빠서라기보다 서로의 기대치를 충족시키지 못했을 때 후회를 했던 것 같습니다. 또는 상대방의 무리한 요구에 맞추기가 힘들 때 오는 스트레스가 많았습니다. 결국 내가 살아남는 길은 아내에게서 벗어나는 길밖에 없다고 생각했습니다.

아무리 좋은 말이라도 상대방이 듣기 싫어하면 하지 마십시오. 나는 약을 주고 있다고 생각하지만 남편(아내)은 독을 먹고 있다고 생각하기 때문이지요. 요구 또한 마찬가지로 기분 좋을 때는 해도 싫어 하면 하지 마세요. 주야장천 요구만 하면 지쳐 버릴 수밖에 없습니다.

삶은 여행_ 20×29.2 종이에 수채, 혼합기법

모든 주장에는 다 일리가 있지만 덜 맞는 의견이 있고, 더 맞는 의견도 있습니다. 결정에도 좋은 결정이 있는가 하면 안 좋은 결정도 있습니다. 모든 걸 만족하며 사는 사람은 결단코 없습니다. 대신 많은 걸 포기하니까 행복한 삶을 사는 것입니다.

모든 아내는 남편의 따뜻한 사랑과 챙김을 바랍니다. 그런데 살다 보면 요구해도 안 되는 사람이라는 판단이 드는 시기가 옵니다. 그걸 포기하며 살 때 행복한 삶이 찾아오는 거지요.

어느 날, 아내가 제게 말했습니다.

"여보, 나 부탁이 있는데요. 당신 은퇴하면 나랑 같이 설거지해요."

그 말을 듣자 화가 났습니다.

'천하의 장경동이 보고 설거지를 하라고? 차라리 돈을 더 벌어서 가사 도우미를 쓰는 게 낫지.'

이 말이 목구멍까지 차올랐습니다. 하지만 일단 참았습니다. 그러고 나서 나중에 깨달은 것이 있습니다.

대부분의 아내들은 식사를 한 후에 설거지를 합니다. 어찌 보면 설거지가 별것도 아닙니다. 그런데 어떤 날은 이 설거지하는 것이 죽기보다 싫을 때가 있어요. 그때 남편이 도와주는 설거지는 수백억 원의 가치가 있을 만큼 위대한 일입니다. '아내가 죽기보다 힘든 일을 하며 사는구나'라는 마음의 공감대가 이루어지기 때문이지요.

그걸 깨닫고 나면 아내에게 하는 말이 달라집니다.

"여보, 오늘 힘들었지?"

진짜로 일을 했든 아무런 일도 하지 않고 하루 종일 놀았든 상관없이 말입니다. 하지만 그걸 깨닫지 못하면 이렇게 말합니다.

"나는 하루 종일 직장에서 상사한테 깨져 가면서 돈 벌어 가지고 왔는데, 당신은 도대체 집구석에서 무슨 짓을 하고 있는 거야?"

이건 마음의 공감대가 형성되지 않은 탓입니다. 마음의 공감대는 수백억 원의 돈보다 더 가치 있고 중요한 것입니다.

부모나 자식 때문에 또는 재산 분할 때문에 이혼을 못하기도 합니다. 또 남들의 시선을 의식해야 하는 사회적 위치 때문에 이혼을 두려워하기도 합니다. 심지어 일부 남자들은 "귀찮아서 이혼을 못 한다"라고 말하는 경우도 있습니다.

그런데 말입니다. 모든 부부는 만날 때 좋아진 이유가 있습니다. 전 세계에 35억 명의 남자가 있고, 35억 명의 여자가 있습니다. 이들이 단지 남자와 여자라는 이유만으로 만나자마자 서로 다 좋아하는 게 아닙니다. 상대방이 좋아진다는 건 뭔가가 있기 때문입니다. 그거 때문에 부부가 결혼해서 사는 것입니다.

초파리의 사랑에도 이유가 있습니다. 수컷은 암컷을 유혹하기 위해 방향과 소리를 맞춰서 날갯짓을 합니다. 암컷은 수컷이 마음에 들면 같이 붙어 버리고, 마음에 안 들면 방향을 바꾸지요.

이렇듯 초파리도 자기들끼리 맞는 것이 있는데, 하물며 사람이 다른 사람을 만났을 때 느끼는 그 뭔가를 무시해서는 안 됩니다. 문제는 잘 만났느냐가 아닙니다. 어떻게 사느냐가 중요하지요. 행복은 어떻게 살아가느냐의 문제이기 때문입니다. 그래서 만남의 문제가 아닌 삶의 문제가 해결되지 않으면 어떤 사람과 살아도 만족할 수 없지요.

왜 많은 부부들이 힘든데도 결혼생활을 유지할까요? 사회적 시선이나 자식들은 둘째로 치고, 나의 행복을 위해서 이혼을 선택할 수도 있었을 것입니다. 이 말도 맞습니다.

하지만 하루에도 수십 번씩 머리로만 이혼을 생각하지 실제로는 수많은 시간을 참고 견디며 살아갑니다. 이혼하더라도 사실 아무도 당신에게 뭐라고 하지 않습니다. 그런데 이혼하면 자신도 모르게 위축되고, 자격지심에 빠지게 됩니다. 사회적 시선보다 더 무서운 건 자신에 대한 죄책감입니다.

그러면 이왕이면 행복하게 결혼생활을 유지해야 하는데, 어떻게 해야 할까요?

"사람은 변한다."

이 말은 맞습니다.

"사람은 안 변한다."

이 말도 맞습니다.

"사람을 바꾸려 하지 말고 포기하고 살자"라는 말은 일견 맞는 듯합니다. 그러나 사람을 한번에 바꾸는 것은 불가능하지만, 점진적으로 바꾸는 것은 가능합니다. 이 방법을 쓰면 어느새 남편(아내)이 바뀌어져 있을 것입니다.

성격이 소심한 남편이라면 장난으로라도 아내에게 "사랑해"라고 말해 보세요. 그러면 보통의 아내들은 "별꼴이야"라는 반응을 보입니다. 생전 안 그러던 남편이 이상한(?) 말을 하니 무시를 하는 거지요. 그래도 또 해 보십시오. 그리고 또다시 해 보십시오. 그리고 계속해서 해 보십시오. 그러면 그 장난삼아 시작한 말이 어느새 진실로 바뀌는 순간이 올 것입니다.

아내 또한 처음에는 장난으로 그 말을 받아들였을 겁니다. 하지만 시간이 지나면서 그 말을 진실로 받아들이게 됩니다. 그리고 감동합니다.

분명히 오래 걸립니다. 그러니 한순간에 바꾸려 하지 말고 조금씩 시도해 보세요. 그러면 "남편(아내)과 살고 싶으면 바꾸려 하지 말고 포기하자"는 말이 정답이 아니라 "함께 살고 싶으면 바꾸어질 때까지 차근차근 노력해 보자"는 말이 정답이 될 것입니다.

이혼해야 할 99가지 이유보다 참고 살아야 할 1가지 이유의 비중이 더 큽니다. 똑같은 1킬로그램이라도 엉덩이 살 1킬로그램보다 머리 무게 1킬로그램이 더 중요하듯이, 똑같은 것이라도 더 중요한 것이 있게 마련입니다.

healing point

결혼이라는 제도 때문에 힘들다는 거는 핑계입니다. 하늘을 나는 연을 한번 상상해 봅시다. 연은 자기를 잡고 있는 실 때문에 제대로 날 수 없다고 생각합니다. 실이 없으면 한없이 훨훨 날 수 있을 것이라고 생각합니다. 그래서 "나를 제발 좀 놔줘"라고 말합니다.
그럼 연을 놔주면 어떻게 될까요? 정말 연은 훨훨 날아 자신이 원하는 대로 갈 수 있을까요? 아닙니다. 실이 연을 놔주는 순간 그 연은 방죽에 빠져 죽습니다. 연이 하늘을 나는 데 중심을 잡아 주는 것이 실 덕분입니다. 실이 없으면 별나라로 가는 것이 아니라 방죽에 빠져 죽을 수밖에 없어요.

몇 끼나 남았을까

만약 얼굴이 못생겼지만 요리 잘하는 여자와 얼굴은 정말 예쁜데 요리 못하는 여자 중에 한 명을 선택하라면 어떤 결정을 내릴 건가요? 참으로 어려운 질문입니다. 제 입장에서는 어느 하나를 선택하기가 곤란합니다. 젊었을 때는 무조건 예쁜 여자를 선택했겠지만 나이가 들어서는 요리 잘하는 여자로 바뀔 것 같아요. 여자를 보는 눈이 나이가 들어감에 따라 달라진다는 이야기입니다.

까다로운 남편의 입맛을 맞추기가 어렵다고 하소연하는 아내들이 많습니다. 남편들 또한 자신이 좋아하는 반찬이 없으면 먹기 싫을 때가 있습니다. 하지만 이해하고 먹습니다. 왜냐하면 아내가 애써서 차려 준 밥상이라는 것을 아니까요.

요즈음 경제적 이유로 맞벌이하는 부부가 당연시되는 분위기입니

너와 단둘이 아침식사_ 20×29.2 혼합기법

다. 일하는 아내에게 음식까지 잘하라고 하는 건 무리입니다. 밖에서 일하는 것도 쉽지 않은데 거기에다가 음식까지 잘하라는 것은 욕심이에요. 한 가지 일에 집중을 하다 보면 나머지에 소홀할 수밖에 없습니다.

부부가 서로 입맛이 다를 때 가장 중요한 것은 대화입니다. 부부간에 대화를 통해 밥상의 평화 협정을 맺는 것이 필요해요. "이건 조금 짜" "좀 더 걸쭉하게 해 줘요"라고 남편이 이야기하면 아내가 그에 맞춰서 음식을 해 주면 서로 만족할 것입니다.

요리를 아무리 열심히 해도 잘 못하는 여자가 있습니다. 요리 잘하는 것도 하나의 능력이라고 생각하면 마음이 편합니다. 배운다고 다 잘할 수는 없는 거예요. 그러면 모든 사람들이 음식점을 차리게요.

요리를 잘할 수 있는 팁을 알려 드리겠습니다. 바둑이나 장기 등 무언가를 배울 때는 일단 정석을 배워야 합니다. 그러나 일정 수준에 도달하면 정석을 잊어버려야 합니다. 상대방도 정석을 알고 있으니 그대로만 적용하면 매번 질 수밖에 없기 때문이에요.

음식 만들기도 마찬가지입니다. 처음에 요리를 배울 때는 요리책에 나온 그대로 계량스푼이나 계량컵을 사용해 요리를 해야 합니다. 그러다가 요리에 자신감이 생기면 자신만의 기준을 세워 요리해야 합니다. 그래야 자신만의 비법을 만드는 경지에 도달하는 거지요.

진정한 고수는 정석에 경험과 노력을 더해 승부합니다.

하지만 이렇게 맛있게 한 음식도 배가 고프지 않으면 먹을 수 없습니다. 그러니 남편이 음식에 대해 불평을 하면 운동장 30바퀴 돌고 난 후에 먹으라고 하면 됩니다. 농담이에요.

맛없는 음식도 맛있게 먹을 수 있는 비결이 있습니다. 가끔 '평생 사람은 몇 끼를 먹지?'라고 생각해 봅니다. 80년 살면 8만 끼고, 100년을 살면 10만 끼입니다. 거기에서 현재 자신의 나이를 뺍니다. 그럼 남은 생애 동안 자신이 먹을 수 있는 음식의 끼니 수가 나옵니다. 그다지 많지 않은 끼니 수가 남았다는 생각이 들 것입니다. 그럼 맛을 따질 겨를이 없어요. '죽으면 기일에나 먹을 음식이니 지금 맛있게 먹어야겠다'라는 마음만 있으면 음식에 대해 조금 불만이 있더라도 맛있게 먹지 않을까 생각합니다.

부부 사이에 식습관이 달라도 문제입니다. 절약 정신이 몸에 밴 남편은 오래된 음식을 보고 "그래도 아까우니까 버리지 마"라고 이야기하지만 아내는 그 말을 '시댁 음식이니까 곰팡이가 나더라도 버리지 말라는 말이잖아'라고 듣습니다.

남편은 맛있는 반찬 하나로도 충분한데, 아내는 푸짐하게 이것저것 진수성찬을 차리는 경우가 있습니다. 아내는 남편이 많이 먹기를 바라지만 남편 입장에서는 음식 가지고 고문당하는 느낌을 받을 겁니다. 이럴 때는 음식을 하는 사람의 입장보다 그 음식을 먹는 사람의 그것에서 생각하면 문제가 해결됩니다.

healing point

항상 웃고 있으면 세상에서는 미쳤다고 합니다. 하지만 행복한 부부의 입꼬리는 항상 올라가 있습니다. 그 시작이 식탁입니다. 남편은 아내가 식탁을 차리는 걸 볼 때 행복한 느낌을 받습니다. 아내는 남편이 음식을 맛있게 먹는 걸 볼 때 입꼬리가 올라갑니다. 이런 부부가 아니 행복할 수 있을까요?

비교의 끝

아무리 비교하지 말라고 해도 사람인지라 밖으로 표현만 안 할뿐 마음속의 비교는 영원합니다. 이건 막을 수가 없어요. 차라리 노골적으로 얘기하라고 하지만, 그걸 직접 표현하면 오히려 더 힘들어집니다. 안 봐도 뻔한 고난과 역경이 기다립니다.

길거리에 날씬하고 예쁜 여자가 지나갈 때 남편이 "여보, 저 여자 정말 예쁘다"라고 말하면 솔직해서 봐준다는 아내는 분명 없을 것입니다. 남편들도 그걸 알아요. 그러니 본인도 모르게 고개가 스윽 가는 것이지요. 본능적으로 쳐다보는 것까지 아내들이 나무라지는 않았으면 해요.

하지만 이런 남편들에게도 한 가지 당부의 말씀을 드립니다. 부부는 탱탱한 엉덩이만으로 사는 것이 아닙니다. 본인이 원하는 건 알면서 아내가 원하는 건 왜 몰라줍니까? 길거리의 예쁜 여자에게 눈길을 한 번 줄 때와 마찬가지로 아내의 얼굴도 사랑스러운 눈길로 바라봐 주길 바랍니다. 설령 예쁘고 늘씬하지 않더라도 말입니다. 그러면 아내의 타박이 한결 부드러워질 것입니다.

남과 비교하며 바가지를 긁는 아내와 비교는 안 하지만 내게 관심도 없는 아내 중 어떤 선택을 하겠어요? 저라면 전자를 선택할 거예요. 왜냐하면 잔소리를 할지언정 아내가 남편에게 관심을 드러내잖아요.

아내에게 제일 무서운 병은 감정을 포기하고 참아 내는 일입니다. 그런 의미에서 자신의 답답함을 잔소리로 털어 내는 아내는 건강한 것입니다. 아무 말도 안 하면 아내의 속은 곪아 터져 가고 있다는 증거일 수 있습니다. 비교하는 잔소리가 신경에 거슬릴지라도 아내가 건강하다는 증거로 삼으며 감사하며 살았으면 합니다.

경마대회가 열렸습니다. 동시에 8마리의 말들이 출발했어요. 모두 열띠게 경쟁을 했고, 모두 동시에 결승선을 통과하는 상황이 벌어졌습니다. 눈으로는 구분이 안 돼서 결국 비디오 판독으로 이어졌습니다. 자세히 보니 한 마리가 히~~잉 숨을 내쉬어 윗입술이 다른 말들보다 먼저 결승선을 통과하였습니다. 1,500분의 1초 차이로 결정 난

세상이 온통 너인 것처럼_ 35×26 혼합기법

승부였습니다. 1,500분의 1초는 '차이'라고 말하기도 어려운 근소한 시간입니다. 그러나 결과를 만든 이 차이는 중요합니다.

모든 사람이 이길 수는 없는 노릇입니다. 어느 사람이든 장점이 있는가 하면 단점이 있고, 단점이 있는가 하면 장점을 가지고 있습니다. 그만큼 다양한 면을 가지고 있는 것이 사람이라는 존재인 거지요.

하지만 장점이 있음에도 불구하고 단점을 비교하는 것이 지금의 현실입니다. 비교의 끝에는 '부족함' 때문에 상처받은 사람이 있습니다. 그러니 그 사람은 그 사람대로, 나는 나대로 인정하고 사는 것이 제일 좋습니다. 비교하는 사람 역시 한순간에 자신이 비교 대상이 될 수 있기 때문입니다. 완벽한 상대를 요구할 만큼 자기 자신은 완벽한 사람인지에 대해 자문해 보아야 합니다. 그러니 불쌍한 사람끼리 비교하지 말고 서로를 인정하고 사는 것이 정답입니다.

healing point

내가 괜찮으면 괜찮은 것이고, 내가 괜찮지 않으면 괜찮지 않은 거예요. 남이 봤을 때 타당성이 없어도 본인이 괜찮으면 괜찮은 것입니다. 자신 스스로도 남과 비교할 필요가 없습니다.

결혼생활이란

왜 이혼을 하나요? 도대체 이혼을 하는 이유가 무엇입니까?

가장 중요한 이유는 서로 맞지 않다고 생각하기 때문입니다. 한 사람이 일찍 자자고 하면 다른 한 사람은 나중에 잔다고 하고, 한 사람이 일찍 일어나서 다 준비해 놓아도 다른 한 사람은 일어나지 않고 늦게까지 잡니다. 이러니 맞지 않는다고 생각할 수밖에요.

그런데 우리가 분명히 알아야 할 사실은 이 세상에 잘 맞는 부부는 없다는 것입니다. 생각해 보세요. 한 몸에 붙어 있는 열 손가락도 길이가 다 다릅니다. 또한 한 어머니 배 속에서 나온 형제도 서로 맞지 않아 아옹다옹 싸우는 일이 다반사입니다. 그런데 어떻게 전혀 다른 환경에서 자란 두 남녀가 아무런 문제없이 처음부터 잘 맞겠어요?

결혼생활은 '안 맞는 것이 정상'이라는 전제에서 출발해야 합니다.

부부는 서로의 사랑과 인내와 노력을 통해서 맞춰 가는 것입니다. 이 세상에 잘 어울리는 부부는 없습니다. 잘 어울리기 위해 노력하는 부부만 있을 따름입니다. 그러니 잘 맞지 않는 것을 이상하게 생각하지 마세요. 지극히 정상적인 것입니다.

"그런 사람인 줄 몰랐어요."

결혼에 실패한 사람들이 흔히 하는 항변입니다. 하지만 정확히 말하자면 몰랐던 것이 아니라 안 본 것입니다. 그야말로 눈에 콩깍지가 낀 것입니다.

"뭐해, 어서 빨리 오지 않고"라고 강압적으로 말하는 남자라 할지라도 결혼 전에는 강력한 리더십을 가진 남자로 보일 수 있습니다. 그런데 결혼해서는 어떻게 됩니까? 가부장적이고 권위적이며 폭압적인 남편으로 보입니다. 콩깍지가 벗어졌기 때문입니다.

또 하나의 이유는 상대에게 바라는 것이 많기 때문입니다. 옛날에 아내들은 살림만 잘하면 됐고, 남편들은 돈만 잘 벌어다 주면 됐습니다. 그런데 지금은 살림만 잘한다고 다가 아닙니다. 살림도 잘해야 하고 자신도 잘 가꿔야 합니다. 건강해야 하고, 상냥해야 하고, 아이들 교육도 잘 시켜야 하고, 음식 솜씨도 좋아야 합니다.

남편 또한 마찬가지입니다. 돈만 많이 벌어다 준다고 인기 있는 것이 아닙니다. 지금은 돈도 잘 벌어다 주면서 일찍 들어와야 하고, 일찍 들어오더라도 저녁에는 외식도 해야 하며, 시시때때로 아내에게 선물도 할 줄 알아야 합니다.

그래서일까요? 행복해 보이는 가정일수록 그 안에 더 많은 문제가 자리 잡고 있는 경우가 있습니다. 더 많은 위선이 있을 수 있기 때문입니다.

사실 사람이 산다는 것은 어느 집이나 똑같습니다. 그러니까 어떻게 보면 못 참는 사람은 속이 덜 썩었고, 잘 참는 사람은 속이 더 썩었는지도 모릅니다. '행복한 사람은 속이 썩은 사람, 불행한 사람은 속이 썩지 않은 사람'이라는 말도 일리가 있습니다.

그렇듯 결혼생활은, 좀 거칠게 말하자면, 썩는 것입니다. 그러면 거기에서 싹이 나고 순이 자라 열매 맺는 나무가 되는 것입니다.

○

healing point

결혼생활이 무엇입니까? 저는 이렇게 정의를 내렸습니다.
'~ 때문에 만났다가, ~일지라도 사는 것이 결혼생활이다.'
멋있기 때문에, 잘 생겼기 때문에, 잘해 주기 때문에, 집안이 좋기 때문에, 돈이 많기 때문에 만났다가 잘못해 줄지라도, 형편없을지라도, 착각했을지라도, 속았을지라도 살아가는 것이 결혼생활인 것입니다.

잘 자요!_ 20×29.2 혼합기법

행복을 부르는 생각

남편(아내)의 마음이 배우자에게 다 보인다면 이혼해야 할 부부가 많을 겁니다. 사람의 마음은 보이지 않습니다. 보이지 않으니까 감추고 삽니다. 사람이 무엇인가를 가슴속에 숨기고 살아간다는 것은 보통 힘든 일이 아닙니다.

남편을 사랑하면 사랑으로 표현하고, 미워하면 미움으로 표현하는 것이 일반적입니다. 그렇지만 부부가 살아가다 보면 꼭 그렇게만 되는 것도 아닙니다. 사랑하는데 미움으로 표현하고, 미워하는데 사랑으로 표현하는 부부도 많습니다.

남편을 사랑하면 사랑으로 표현하는 것이 제일 좋습니다. 반면에 남편을 미워한다고 해서 미움으로 표현하는 것은 가장 좋지 못합니다. 그렇다면 사랑하는데 미움으로 표현하는 것이 좋을까요, 아니면 미워하는데 사랑으로 표현하는 것이 좋을까요? 당연히 미워하지만 사랑으로 표현해 주는 편이 더 좋겠지요.

다른 사람에게 잘 대해 주지 못하는 경우는 두 가지가 있습니다. 작정하고 못해 주는 경우와 여건이 좋지 않아서 못해 주는 경우가 그것입니다. 처음부터 남편이나 아내에게 '못해 줘야지' 마음먹고 못해 주는 경우가 있다면 진짜 나쁜 사람입니다. 하지만 보통의 경우에는 '잘해 줘야지' 하면서도 상황이 여의치 않아서 못해 줍니다.

만약 마음으로는 배우자를 사랑하지만 미움으로 표현하고 있나요? 반대로 겉으로는 사랑을 표현하면서도 속으로는 미워하지 않나요? 그러면 마음을 바꾸도록 노력해 보세요. 그래서 사랑과 사랑으로 서로에게 대할 수 있도록 하세요. 그게 가장 좋은 방법입니다.

사람의 마음이나 생각은 보이지 않기 때문에 우리는 보통 겉으로 드러나는 현상만을 보게 됩니다.

아내는 아이들과 서울에 있고, 남편은 광주에서 일을 해야 하는 상황이라고 가정해 봅시다. 예전에는 남편이 광주에서 일을 한다면 대개 아내와 아이들 모두 다 같이 이사를 가서 함께 생활을 했습니다. 하지만 요즘은 대부분 남편 혼자 광주에 내려가서 일하고, 금요일 저녁에 서울에 올라가는 주말 부부로 지내는 경우가 훨씬 많아요. 주로 아이 교육 문제 때문이지요.

문제는 여기서 발생합니다. 사람이 혼자 있다 보면 이런저런 생각이 들게 마련이에요. 처음에는 빨리 이 생활을 마감하고 서울에 가서 함께 살 생각을 합니다. 그러면서 혼자서 아이를 키우고 있는 아내에 대해 걱정합니다.

'우리 집사람은 하루 종일 나만 걱정하고 있겠지?'

몇 달이 흘러갑니다. 남편이나 아내 모두 이 생활에 익숙해져 갑니다. 그래서 하루에 다섯 통 하던 전화도 한 통으로 줄어듭니다.

'아니, 가장인 남편은 이렇게 힘들게 일하고 있는데 힘내라는 전화 한 통 없네. 온통 애들 돌보는 데만 신경 쓰고 말이야.'

시간이 더 지나면 전화통화 한 번 하기가 쉽지 않습니다. 나중에서야 전화했었냐고 연락이 옵니다. 그러면 생각이 꼬리를 물기 시작합니다.

'이 사람 나 없는 동안 바람난 거 아냐?'

실제로는 아내에게 아무런 일도 일어나지 않았어요. 서울에 떨어져 사는 아내 입장에서는 아무래도 광주에 있는 남편에게 제대로 신경을 써 줄 수가 없습니다. 아내도 아내대로 혼자서 아이들 신경을 써야 하니까요. 그렇지만 비록 생각뿐이라고 할지라도 그 차이는 엄청나게 큽니다.

그래서 이런 경우에는 떨어져서 생활하는 남편이 '어떤 생각을 가지고 사느냐'가 참으로 중요합니다. 아내가 하루 종일 남편만 생각한다고 믿는 사람은 일에 활력이 생기고 보람도 느끼겠지요. 그런 사람들은 처자식을 먹여 살리려고 애를 씁니다.

반면 아내가 나한테는 별로 관심이 없다고 생각하는 사람은 자기가 타지에서 왜 이렇게 고생하면서 직장생활을 해야 하는지 의구심이 생깁니다. 해야 하기 때문에 어쩔 수 없이 일을 하지만, 그만큼 보람은 줄어듭니다.

아내가 바람났다고 생각하는 사람은 더욱 심각합니다. 그런 사람한테는 일이 문제가 아닙니다. 온통 그 걱정에 사로잡혀 있습니다. 아내가 바람피운다고 생각하는 사람은 결코 직장생활을 제대로 할 수 없습니다. 그러다 보니 직장에서도 인정받기가 쉽지 않습니다.

생각이라는 것이 이렇게 중요합니다. 한 연구 결과에 의하면 지금 당신이 하고 있는 걱정 중 10분의 1도 실제로는 일어나지 않는다고 합니다. 일어나지도 않은 일을 미리 속상해하고 걱정하지 마십시오. 서로를 믿고 의지할 때 행복도 찾아오고, 성공도 뒤따라오는 법입니다.

우리는 생각이 너무 부정적입니다. 퇴근 시간이 훨씬 지났는데도 남편이 들어오지 않고 전화통화도 되지 않으면 '무슨 일이 생겼나?' 걱정하는 아내들이 있습니다. 그러다가 '전화 한 통화만 하면 안 기다릴 것을 언제나 철이 들까?'라는 데까지 생각이 미치면 그야말로 속이 부글부글 끓어 폭발하기 일보 직전까지 가게 되지요.

이때 아이가 눈치 없이 "엄마, 나 내일 준비물 사야 해서 돈 필요해"라고 말합니다. 그러면 아무 죄도 없는 애한테 괜한 화풀이를 합니다.

"아빠도 안 들어오셨는데 돈은 무슨 돈! 넌 공부도 못하면서 돈만 달라고 하냐?"

그렇지만 남편은 신기하게도 아무 일 없이 무사히 잘 들어옵니다. 속이 부글부글 끓고 있던 차에, 아무렇지도 않은 얼굴로 남편이 들어오면 말이 곱게 나올 리가 있겠습니까? 당연히 "왜 이제 들어오는 거야?" 하고 대들겠지요.

저도 남자지만, 솔직히 화내는 여자와 차분히 얘기를 나눌 남자는 이 세상에 그리 흔치 않습니다. 남자들은 화난 여자의 잔소리를 시끄럽다고 생각할 뿐입니다. 그래서 보통 남편들은 아내의 말을 들어주기보다는 아내를 쳐다보지도 않고 그냥 방으로 쑥 들어가 버립니다. 대부분의 부부들이 이렇게 삽니다.

그렇다면 이제부터라도 남편이 늦는 순간 이렇게 한번 생각을 바꿔 보세요.

'오늘 좋은 일이 있나? 얼마나 좋은 일이 있을지 기대된다.'

혹시라도 안 좋은 일이 일어난다면, 그때 가서 걱정해도 늦지 않습니다. 일어나지도 않은 일에 대해 미리부터 걱정하면서 애태우는 것보다야 훨씬 좋은 방법입니다.

아이가 와서 "엄마, 나 내일 돈 줘야 돼" 하면, "걱정 말고 공부하고 있어. 아빠 오면 줄게"라고 대답해 주세요. 아이 마음도 편해지고, 무엇보다 자기 자신이 편해집니다.

그러다가 남편이 문을 열고 들어오면 활짝 웃으면서 "여보, 오늘 좋은 일 있었지?" 하고 물어보세요. "어이구, 어떻게 알았어? 오늘 오랜만에 친구들 만나서 고스톱을 쳤는데 10만 원이나 땄어!" 하면서 생각하지도 않았던 용돈을 선뜻 내줄지도 모릅니다.

healing point

여자들이 남자들보다 착합니다. 그런데 착한 여자가 남자를 원수로 생각하고, 덜 착한 남자는 여자를 천생연분으로 생각합니다. 실제로 부부가 함께 살다 보면 대체로 남자가 여자보다 잘못을 많이 합니다. 하지만 천생연분으로 여기는 생각만큼은 남자가 더 훌륭하지 않습니까? 이것을 여자들이 좀 알아줘야 해요. 물론 표현하지 않는 속마음을 제대로 알아차리는 것은 정말 어렵습니다.

바람을 견디는 이유

대부분의 동물은 수컷 한 마리 주변에 암컷 여럿이 몰려 있습니다. 수컷이 더 화려하기 때문이지요. 멋진 갈기는 수사자에게만 있고, 수컷 공작새가 화려한 깃털을 뽐냅니다. 이런 이유가 뭔지 아세요? 바로 암컷을 유혹하기 위해서입니다. 하지만 비극이 있지요. 동물의 세계에서는 수컷이 못나면 암컷을 한 마리도 차지할 수 없습니다. 유능한 놈이 혼자서 다 독차지합니다.

또한 동물은 대부분 번식기가 따로 있어서 1년 중 암컷의 가임기 때만 수컷이 반응합니다. 수컷은 암컷이 원할 때만 관계할 수가 있어요.

하지만 사람은 동물과 다릅니다. 사람은 시도 때도 없이 관계하지 않습니까? 인간이 동물과 다른 점 중의 한 가지입니다. 그래서 인간에게 필요한 것이 이성입니다. 여자가 남자의 바람을 막으려면 남자의 필요성을 일깨워 줘야 합니다.

사실 집안에서 훌륭한 사람은 아내밖에 없습니다. 남자는 허당이에요. 그 훌륭한 아내들이 허당인 남편을 지켜야 합니다. 남편들을 외롭게 해서는 안 됩니다. 남편이 집에 들어왔을 때 아내들이 격하게 반겨 주어야 합니다. 아이들에게도 "야~ 아빠 오셨다"라고 말해 주어야 합니다. 그런데 대부분의 아내들은 이렇게 말하죠.

"별일이다. 너희 아버지가 이렇게 일찍 들어올 때도 있고."

택배 아저씨만큼의 취급도 못 받는 게 지금 남편들의 현실이죠. 이런 현실 앞에 남편은 퇴근할 때가 되면 '내가 과연 집으로 바로 들어가야만 하나?' 하고 망설일 수밖에 없어요.

물론 남편이 예전에 잘못을 많이 했으니까 아내가 그렇게 반응하겠지요. 하지만 남편은 허당입니다. 좀 더 훌륭한 아내가 남편을 지켜 주어야 가정에 평화가 찾아옵니다.

순종적인 옛날 여자와 '내 가족은 내가 챙긴다'는 책임감이 있는 요즘 남자가 만나면 최상의 조합입니다. 반면에 바람피우고 정신 못 차리는 옛날 남자와 똑똑하고 경제력 있는 요즘 여자가 만나면 최악의 조합입니다.

그런데 결혼은 최상의 조합대로 하는 게 아닙니다. 그렇다면 자신이 변해야 합니다. 스스로 생각하기에 자신이 옛날 남자 스타일이라고 한다면 요즘 남자처럼 다정다감하고 부드러운 모습으로 바뀌도록 노력해야 하고, 요즘 여자는 옛날 여자처럼 남편에 대해 인내심을 발휘해야 합니다. 단순하게 생각하지 말고 복합적으로 생각합시다. 영양제도 한 가지만 먹기보다는 복합 영양제를 섭취해야 더 건강에 좋듯이 말입니다.

'바람피우면 이혼한다'는 단순한 논리는 피해야 합니다. 상대방에게 상처를 준 행동은 비난받아 마땅하지만, 그렇다고 이혼만이 해결책은 아닙니다. 옛날 부부들은 힘들고 어렵더라도 참아가면서 자식들을 교육시키며 잘 살았습니다. 때로는 참고 견디는 지혜도 필요한 것입니다. 요즘 부부들은 공부도 많이 해서 똑똑한데 왜 그런 거 하나 이겨 내지 못하고 이혼을 쉽게 선택하나요? 결혼생활은 이것저것 복합적으로 들어 있는 복합 영양제 같은 겁니다. 보기 싫다고 던져 버리면 영양제 구실을 못합니다.

healing point

'어차피 남편이 바람피울 거니까 결혼하지 마라?!'
큰일 날 소리입니다. 그리고 모든 남자가 다 그렇지도 않습니다. 설혹 일시적으로 잘못되어 그런 경우가 생길 수도 있겠지만, 남편이 진정으로 반성하고 아내가 용서하면서 그 상황을 극복한다면 더욱 돈독한 부부가 될 수도 있습니다.

결혼, 하면 괴롭고 안 하면 외롭고

초판 1쇄 발행 2014년 10월 17일
초판 2쇄 발행 2014년 10월 20일
초판 3쇄 발행 2014년 10월 22일
초판 4쇄 발행 2014년 10월 24일
초판 5쇄 발행 2014년 10월 27일
초판 6쇄 발행 2014년 11월 7일
초판 7쇄 발행 2014년 11월 10일
초판 8쇄 발행 2014년 11월 15일
초판 9쇄 발행 2014년 11월 20일
초판 10쇄 발행 2014년 11월 25일
초판 11쇄 발행 2015년 2월 5일
초판 12쇄 발행 2015년 10월 12일

지은이 장경동
그린이 홍전실

펴낸이 김연홍
펴낸곳 아라크네

출판등록 1999년 10월 12일 제2-2945호
주소 서울시 마포구 방울내로7길 45(망원동)
전화 02-334-3887 팩스 02-334-2068

ISBN 978-89-98241-41-4 03810

※ 잘못된 책은 바꾸어 드립니다.
※ 값은 뒤표지에 있습니다.